哇，好神奇
WA HAO SHENQI

开拓创新思维　培养创新意识　提高科学素质

塑造孩子人格篇
SUZAO HAIZI RENGE PIAN

知识达人　编著

成都地图出版社

图书在版编目（CIP）数据

哇，好神奇．塑造孩子人格篇／知识达人编著．—成都：成都地图出版社，2016.9（2022.5 重印）
ISBN 978−7−5557−0507−9

Ⅰ．①哇… Ⅱ．①知… Ⅲ．①儿童故事－作品集－世界 Ⅳ．① I18

中国版本图书馆 CIP 数据核字 (2016) 第 224995 号

哇， 好神奇——塑造孩子人格篇

责任编辑：陈　红

封面设计：纸上魔方

出版发行：成都地图出版社

地　　址：成都市龙泉驿区建设路 2 号

邮政编码：610100

电　　话：028－84884826（营销部）

传　　真：028－84884820

印　　刷：三河市人民印务有限公司

（如发现印装质量问题，影响阅读，请与印刷厂商联系调换）

开　　本：710mm×1000mm　1/16

印　　张：8　　　　　　　字　　数：160 千字

版　　次：2016 年 9 月第 1 版　　印　　次：2022 年 5 月第 5 次印刷

书　　号：ISBN 978−7−5557−0507−9

定　　价：38.00 元

目录

诚实篇：

猴子和人 2

长羊耳朵的国王 6

手捧空花盆的孩子 11

兔皮帽 13

傻瓜汉斯 16

善良篇：

仙女的考验 21

雪孩子 25

狮子和老鼠 27

猫老爹 31

快乐王子 35

忠诚篇：

苏武牧羊 40

变成石头的人 44

忠实的约翰 48

七美人 52

打火匣 56

正直篇：

卷毛角鲁盖 61

一支魔法笔 65

老苏坦 69

正直的牧羊人 73

魔壶 77

盗火种 81

琴手达木金 83

勇敢篇：

勇士海森 86

钟声 91

孝顺篇：

儿子在哪里 97

宝莲灯 101

闵子骞 105

小黄香 109

小公主的爱 112

星孩 115

王冠失踪记 118

朱特和两个哥哥 121

诚实篇

--- --- --- --- --- --- ---

诚实是做人的基本准则。撒谎的孩子只会失去别人的信任。

猴子和人

很久以前，在一个小村子里住着这样两个人：一个从不说谎，非常诚实，人们都叫他"诚实先生"；而另一个人呢，却从来不说实话，最喜欢说谎话，人们都叫他"谎话先生"。但奇怪的是，大家都喜欢谎话先生，却不喜欢诚实先生。这究竟是怎么回事呢？

一天，诚实先生和谎话先生一起去森林里郊游。天气真是不错，所以他们走得也很轻快。忽然，谎话先生被东西绊住了，他一下子摔倒在地上，尽管下面有厚厚的草甸，但他还是疼得"哎哟哎哟"叫个不停。就在诚实先生要扶他起来的时候，一群猴子蹿了出来，把他们两个人绑住了。他们动弹不得，只好跟着猴子走到一个他们从来没有到过的地方。这个地方叫"猴子国"，是猴子的天下。

这时，一只自称猴王的猴子说话了："你们人类怎么看我们猴子王国的呢？你们觉得是我优秀还是你们人类的国王优秀呢？我的臣民怎么样？比得上你们人类吗？"诚实先生和谎话先生没有想到猴子会说话，全都愣住了。

过了一会儿，谎话先生开口说："噢，尊敬的国王啊，您是我见过的最英明的国王，我们人类的国王哪能和您比啊。您实在是太伟大了，我们在您面前只不过是一些小蚂蚁。至于您的臣民，也是我见过的最优秀的栋梁之才，随便哪一个，在我们人类的国家都是可以做宰相的啊！"

说着，谎话先生露出了一脸谄媚的笑容。诚实先生看到了，想起刚刚他说的话，心里觉得特别恶心："这样违背良心的话都能说出来，你真是我们人类的耻辱。"

猴子国王听了谎话先生的一番夸赞过后，非常高兴。它的脸由于兴奋都涨红了，就像它那红红的屁股。它说道："你真是一个诚实又坦率的人，我要重重地奖励你！"接着，它对下面喊道："来人哪，快准备最好的水果，我要招待我的这位朋友吃晚餐，快！"

这时，猴子国王的心情好了很多，转过身笑着问诚实先生："那你觉得我和我的臣民怎么样呢？是不是和刚才那位先生一样，认为我们比你们人类都要棒啊？"

诚实先生想了想，说："是的。"猴子国王听了立刻笑了。但是它还没有笑出声来，诚实先生又继续说道："您的确很棒，

您是我见过的最优秀的猴子。至于您的子民，也都是很棒的猴子。但是要和我们人类相比，你们还是差了很多，比如你们没有完善的法律制度，没有发达的农业，没有……"

"住嘴！"猴子国王怒不可遏地喊道，"你这个骗子，这个不坦诚的人，你明明知道我们是最聪明的，你还不承认，你现在不就被我们抓住了吗？你不过是一个人而已，有什么好骄傲的？来呀，快给我把他抓起来。"

但是诚实先生并没有因此害怕，他说："我就算被抓起来，被打一顿，也改变不了猴子不如人类聪明的事实啊。"

猴子国王有些傻了，可从来没有谁对它说过这些话啊。"也许这个讨厌的人说得没错。"它心里不自觉地想着。

诚实先生继续说："国王陛下，您现在不应该责怪我说了实话，而是应该想办法来弥补自己的差距。至于那些一时哄您开心的人，最后也是害了您的人。"猴子国王听后恍然大悟，最后和诚实先生成了好朋友。

长羊耳朵的国王

　　从前，有个叫特洛亚的王子。在他出生的时候，老国王请来了一位仙女给他祝福。仙女送给他三样东西，第一样是让他成为世界上最英俊的人，第二样是让他成为一个聪明而且正直的人。到第三样的时候，仙女想了一会儿，说："我将让你长一双羊耳朵，为的是让你在任何时候都不要太骄傲。"

　　很快，王子长大了，继承了王位，成为这个国家的国王。他不仅长得非常英俊，而且十分聪明和正直。

可是他的羊耳朵长得越来越长。小国王觉得非常难为情，因为他现在已经是国王了，每天都要见很多人，处理很多事情。为了不让别人知道自己长羊耳朵的秘密，国王一直留着长发，而且每天他都戴着一顶帽子。这样，别人就看不见他的羊耳朵了。可是，无论怎样，国王总是要理发的呀。理发师看到他的羊耳朵怎么办呢？

为了不让别人知道自己的秘密，国王就把每次给他理发的理发师杀掉，下一次再重新找一位。他以为这样做就不会有人知道他长着羊耳朵了。

有一次，一个穷寡妇的独生子来给国王理发。年轻的理发师给国王理发的时候，国王随口问他的家庭情况。理发师说自己的母亲守寡多年，含辛茹苦地把自己拉扯大，自己是独生子，现在母亲年纪大了，不能干活了，全靠自己养活。国王听了非常感动。

理完发以后，出于对理发师守寡多年的母亲的同情，国王破例没有杀死理发师。但国王要求理发师不能把自己的秘密说出去。

　　国王对他说："你现在知道了我的秘密，本来我应该杀了你。但是，我看在你家里还有一个老母亲的份上，打算饶了你。但是你绝对不能说出我的秘密，不然，我一样会杀了你！"年轻的理发师答应了。

　　从此，这个年轻的理发师就负责给国王理发。理发师也从来没有把国王长着羊耳朵的事情告诉过任何人。可是，这个秘密实在让年轻的理发师憋得很难受。他每天把这个秘密藏在心里，想说而又不敢说，没有多久，他就越来越瘦。

　　他的母亲看着他日渐消瘦十分心疼，就问他是不是有什么心事。他对母亲说："妈妈，我知道一个秘密，可是我不能说，否则我就会死掉。可是不说，我心里又憋得难受。"母亲说："那你去田里挖个洞，把秘密对着洞口说出来，你就会轻松起来的。"于是，理发师来到田野里。他把那个秘密对着自己挖的洞一说，立刻就感觉心里轻松多了。

　　不久，那片田野里长出了一棵大树。

　　一天，有人砍了一截树枝做成笛子。可他一吹，笛子里就传出一个非常奇怪的声音："特洛亚国王长着一双羊耳朵！"很快，全国的人都知道了国王的秘密。国王知道了，非常生气。他把年轻的理发师找来，生气地说道："你答应过我不说出我的秘密，但是现在你违背了诺言，我要杀死你。"年轻的理发师把事情的经过告诉了国王。国王叫人用那棵树的树枝做了一支笛子。一吹它，里面果然传出一个声音："特洛亚国王长着一双羊耳朵。"

这支笛子终于让国王明白了世上没有什么绝对的秘密，于是国王饶恕了理发师。从此，他再也不戴帽子遮掩自己的羊耳朵了。

手捧空花盆的孩子

从前，有个国王因为自己没有儿子，所以决定在全国的孩子中，挑选一个继承自己的王位。挑选的方法很简单，所有的孩子都会领到一粒种子，谁能在三个月后种出最美的花儿，谁就能当国王。

有个叫宋金的孩子，他也领到了一粒种子。回家后，他把种子种在花盆里，每天浇水、施肥。他多希望自己种的花儿能开出最美丽的花朵啊！可是，日子一天天过去了，花盆里始终没冒出一枝嫩芽儿来，宋金很着急，他拿出种子，换了花盆和泥土，更加努力地浇水、施肥。两个月过去了，宋金的花盆还是空的。他虽然很着急，可一点儿办法也没有。

国王要检查了，所有的孩子都来到王宫。他们每个人手里都捧着一盆花，花儿开得很娇艳。国王看着孩子们手中的花儿，却一直皱着眉头，一句话也不说。难道国王不满意这些花儿？

国王走呀，看呀。忽然他看到一个孩子捧着一个空花盆。这个孩子就是宋金。他低着头，样子看起来难过极了。国王走过去，关切地问："孩子，你的花盆怎么是空的呢？"

宋金说："我把种子种在花盆里，每天都浇水、施肥，可种子怎么也不发芽，所以我只好端着空花盆来了。"

国王哈哈大笑起来，说："你真是一个诚实的好孩子，你就是将来的国王！"

原来呀，国王发给大家的种子都是煮过的，它们当然不会发芽了。别的孩子是换了好的种子才种出花来的，宋金却很诚实地坚持种国王发的种子，所以他有了成为国王的机会。

兔皮帽

　　森林里住着一只小白兔，它可是个吹牛大王。同伴们在玩跳树枝的游戏时，小白兔就说："你们跳得太矮了，真丢人。我轻轻一蹦，就可以跳过一棵大松树。"

　　当大家比赛谁把松塔抛得更高时，小白兔又说："你们可不要小瞧我哟。我可以把松塔扔到白云上。等着吧，我会让你们开开眼界的。"

　　后来，小白兔掉进了猎人的陷阱里。猎人用它的皮做了一顶兔皮帽，让小儿子戴。然而没多久，奇怪的事情就发生了。小儿子每次戴上兔皮帽，都会忍不住说起大话来："世界上没有我不知道的。我比老师知道的还要多。"

一天，小儿子戴着兔皮帽去滑冰，他一见到小伙伴，又吹牛了："我滑冰可快啦，只听'嗖'的一声，就到湖对面了。"

这时，一阵风吹走了他的兔皮帽，他找了好久也没找到。最后，他只好没精打采地回家了。

过了几天，一群小女孩来到森林，其中的一个发现了挂在树枝上的兔皮帽。她取下帽子，把它戴在了头上，晃晃脑袋说："真漂亮！"

"哈哈，你们这些丑八怪，我才不要和你们一起玩呢。"没多久，小女孩也说起了大话。同伴们听了，生气极了，说："那你快走吧。我们也不想和你一起了。"说完，伙伴们扔下小女孩就走了。

天快黑了。小女孩也有些热了，她摘下了兔皮帽。这时，她才发现只剩下自己一个人在森林里了。"呜呜……"小女孩急得大哭起来，"天这么黑，我怎样才能找到回家的路呀？"

于是，她扔掉兔皮帽，跑去追赶同伴们了。就这样，兔皮帽被丢在了森林里。

小朋友，如果你在森林里也发现了兔皮帽，可千万不要戴，不然你也会变成不诚实的孩子。

傻瓜汉斯

　　从前，有一个国王，他只有一个独生女儿。这个公主经常生病，没有谁能治好她。一个预言家说，公主只有吃了苹果，才会恢复健康。国王决定，谁给公主吃了苹果，能让她好起来，谁将来就可以娶公主并继承王位。

　　有一对夫妇，他们有三个儿子。夫妇知道了国王的决定后，就让大儿子给公主送一篮红苹果。走在半路，大儿子碰见了一个胡子花白的小矮人。小矮人问："你篮子里装着什么呀？"大儿子说："蛤蟆腿儿。""那它就是吧！"说完，小矮人就走了。当大儿子把苹果献给国王时，大家看到了一篮蛤蟆腿儿。国王大怒，立刻把他赶出了宫。大儿子懊恼地回了家。

二儿子去给公主送苹果。他也碰上了花白胡子的小矮人。小矮人问："你篮子里装着什么呀？"他回答是猪鬃。"那就让它永远是吧！"小矮人说。二儿子来到王宫献苹果，谁知他一揭开篮子，里面全是猪鬃！国王气坏了，用鞭子把他赶出了宫。

小儿子也要去送苹果了，他就是"傻瓜汉斯"。第二天，汉斯也碰见了那个奇怪的小矮人，他问汉斯篮子里装的是什么。汉斯回答是送去给公主治病吃的苹果。"喏，"小矮人说，"是就是，永远不变！"

见到国王后，汉斯揭开篮子，里面果然是漂亮的新鲜苹果。国王很高兴，马上叫人给公主送去。

公主一吃下苹果，立刻跳下了床。可是国王却不想把公主嫁给汉斯。除非汉斯能造一艘船，这船在地上要比在水中行驶得更灵便才行。

汉斯同意了。回到家，父亲派老大去林子里造这样一艘船。中午，小矮人又出现了，他问："能告诉我你正在做什么吗？"大儿子回答说："木勺。"

小矮人听了，大声说："那就让它是吧！"晚上，老大的船就变成了一只木勺。第二天，二儿子去林子里，结果遭遇了同样的事。

　　第三天，汉斯去了。中午，小矮人又来了。他问汉斯在干什么。

　　"造一艘船，一艘在地上要比在水中行驶得更灵便的船。"汉斯诚实地说。

　　"喏，"小矮人说，"那就让它是吧！"

　　傍晚，汉斯造好了船。他兴奋地坐在船里划向王宫，船跑得像风一样快。可国王还是不肯把女儿嫁给汉斯，他要汉斯再去偷一根怪鸟尾巴上的羽毛来。

　　傍晚，汉斯出发了，他来到一座城堡，请求借宿。主人答应了，但要他问问怪鸟自己开铁箱的钥匙丢在哪儿了。

　　第二天，他又到另一座城堡投宿。堡主答应了，但要他问问怪鸟什么才能治好女儿的病。

　　一天，他被一条河挡住了去路。幸亏有位高个子把他背过了河。临走时，高个子要汉斯帮他问一问，为什么自己必须背所有的人过河。

　　汉斯终于走到了怪鸟的家，坦白地说出了自己的目的。因

为汉斯很诚实，怪鸟答应帮他。

最后，汉斯不但拔到了羽毛，还知道了那三个问题的答案：第一座城堡主人丢的钥匙在一堆木头下；第二座城堡主人的女儿是因为癞蛤蟆用她的头发做了窝才生病的；高个子只要下一次将背的人丢进河里，就不用再背任何人了。

第二天，汉斯拿着羽毛回去了，并帮那三个人解决了问题。就这样，汉斯带着金银珠宝回到了王宫。国王很贪婪，也想去找怪鸟。可他走到河边，就被大个子丢进河里淹死了。

汉斯娶了公主，从此过上了幸福的生活。

善良篇

善良是做人的基本准则。善良的孩子不会被命运亏待。

仙女的考验

　　村子里，住着寡妇和她的两个女儿。大女儿和寡妇一样，既粗暴又丑陋，村里人都不喜欢她们。而小女儿呢，既美丽又善良，人们都很喜欢她。

　　但是，寡妇只喜欢她的大女儿。也许是小女儿太漂亮了，连母亲都嫉妒她，所以寡妇不喜欢她，经常虐待她。小女儿不能在饭桌上吃饭，每天还必须去很远的地方打水，不管天晴下雨，都必须把水缸灌满。

　　尽管这样，善良的小女儿从来不抱怨什么。一天，小女儿和以往一样到井边打水。这时，一个穿得破破烂烂的妇人走过来，可怜巴巴地对她说："善良的小姑娘啊，可怜可怜我吧！我已经几天没喝水了，快被渴死了，你打点水给我喝，好吗？"

"噢，我可怜的大妈，请您等一下，我马上给您打水。"小女儿马上打了满满一罐水，双手捧给了妇人。

妇人喝完水，笑着对她说："你真是个既美丽又善良的好姑娘，我送你一件礼物吧。""大妈，别客气，只是一点水而已。不过，我还是要谢谢您。"小女儿赶紧说。妇人依然面带微笑着说："噢，你是多么谦逊！我真心地祝福你，以后每说一句话，嘴里就会吐出一朵鲜花和一颗宝石。"

小女儿笑了，她并不相信自己有那样的能力，也不知道这个妇人其实是仙女假扮的。但还是很感谢她的祝福。就这样，不知情的小女儿回到了家。看到小女儿这么晚才回来，寡妇很生气，小女儿忙解释说："妈妈，原谅我吧，我错了。"刚说完，她的嘴里真的就吐出了一朵玫瑰和一颗宝石。

寡妇惊呆了，大声叫道："天哪！今天发生了什么？"小女儿把自己的经历讲了一

遍，鲜花和宝石也
源源不断地从她嘴里
冒出来。

寡妇决定让大女儿去
打水，也得到这样的礼物。
于是，大女儿拿起妈妈为她
准备的银瓶，很不情愿地到井
边打水去了。

仙女这次扮成了一个贵妇人，
她还没说话，大女儿就粗暴地把银瓶
塞到她手中，说："就是你来要水喝，是
吧？快喝，看我把家里最好的瓶子都拿来了。
快喝吧，别耽误我的时间。"

仙女生气了，她知道这是一个没有礼貌的坏女孩，于是她
说："以后你每说一句话，嘴巴里就会钻出一条蛇和一只癞蛤
蟆。"说完，仙女就不见了。

"我亲爱的女儿，你回来了？"看到大女儿，寡妇激动地问。
"是的，妈妈，我回来了。"可是，大女儿一说话就吐出脏兮兮
的蛇和癞蛤蟆。

寡妇气极了，她认为是小女儿带来的噩运。于是，寡妇赶

走了小女儿。可怜的小女儿来到树林中，伤心地哭着。

忽然，一匹马把她撞倒了。原来，王子正在树林中打猎。他看到这个美丽的女孩，连忙下马把她扶了起来，问："你为什么一个人在这个树林呢？这样很危险的。"

"我的母亲把我赶了出来，我没地方可以去。"在她说话的时候，不断有宝石和鲜花从她口中吐出来。王子惊奇极了。听完小女儿的奇遇后，他认为她是一个善良的好女孩。王子爱上了这个既美丽又善良的姑娘，就把她带回了王宫，并娶她为妻，从此他们过上了幸福快乐的生活。而那个粗暴的大女儿，没有人肯娶她，最后孤独地死去了。

雪孩子

小木屋里住着兔妈妈一家。一天，下了好大好大的雪。不久，雪渐渐停了，兔妈妈打算出去找些吃的回来。

"妈妈，我也要去！"小白兔扯住妈妈的衣角不放。

兔妈妈拉开房门，望着积雪，忽然高兴地说："小宝贝，妈妈给你堆个雪人，你就有伴儿啦！"

于是，兔妈妈拉着小白兔，堆起雪人来。不久，一个漂亮的雪孩子就站到了它们的面前。可还差点什么呢？小白兔掏出两颗龙眼核，安进了雪孩子的眼眶里。没一会儿，两颗黑亮的眼珠儿就转动起来了。兔妈妈出门前，对小白兔叮嘱道："孩子，快回屋里烤烤火，别着凉了！"小白兔回到屋，向火塘里添了一大把柴后就睡着了。

屋外，雪孩子开始跳起舞来。它跳着跳着，渐渐地离开了那块空地，跳进了树林里。小木屋里，火塘正吐着鲜红的舌头，舔着旁边的干柴堆，噼噼啪啪地燃烧起来。可是小白兔还在甜甜地睡觉呢！

当雪孩子看到小木屋着火了，心里十分着急，赶紧向小木屋奔去。它刚把房门推开，一条火舌就从里面喷了出来。虽然雪孩子很害怕，但是为了救小白兔，它还是冲了进去。屋里浓烟弥漫，雪孩子到处摸索，在火堆边找到了小白兔。这时，烈火早已把它们围了起来。雪孩子咬咬牙，紧紧抱住小白兔冲了出去。它把小白兔稳稳地放在空地上，喘了最后几口气，就融化了。等兔妈妈回来，看到家里的一片灰烬和安睡在门口的小白兔时，它长长地出了口气，四处寻找那位救了自己孩子的恩人。此时，已化为水的雪孩子飘到了空中，正对着它们微笑。

狮子和老鼠

天气实在是太热了，空中悬着的太阳似乎要把整个森林里的水分都吸干。有着动物之王美誉的狮子也讨厌这样的天气，它觉得自己全身无力，只好躺在一棵大槐树下打盹儿。

刚躺了一会儿，它忽然觉得有什么东西从自己头上跳了过去。它懒洋洋地睁开眼睛，发现是一只小老鼠。狮子一下就跳了起来，心里的烦躁终于可以找到发泄的对象了。"嗷！"狮子大吼了一声，把老鼠吓得全身颤抖，像触了电一样。"对……对……对不起！"小老鼠的声音和它的身体一样剧烈地颤抖着。

狮子看到它那害怕的样子，心里觉得好笑极了，忍不住哈哈大笑起来。这一笑，它的怒气也减了一大半。"大王，我不是有意要打扰您休息的。"老鼠很无辜地说，"我孩子热出了病，我正急着去给它找大夫呢。结果，我一心急就乱了分寸，从您头上抄了近路。请您原谅我吧。"

"哈哈！"狮子扭了扭脖子，说，"看在你是为孩子找医生的份上，我就饶了你的小命。不过，以后走路可得看清楚点，别再撞到我头上来了。"

小老鼠完全没有想到狮子会这么轻易地原谅了自己的冒失，它一边点头一边说："谢谢狮子大王的宽宏大量，我会记住您的恩情，以后再来报答您。"

狮子觉得太可笑了，挥挥手说："你一只小老鼠能帮我什么忙呢？"说完，狮子继续睡起觉来。

这件事过去好几天了。一个傍晚，狮子晚饭后在森林里漫不经心地转悠着。当它看到动物们都毕恭毕敬的样子时，心里别提有多开心了。"扑通"一声，它掉进了陷

阱。不管狮子怎么吼叫，怎么也跳不出又深又窄的陷阱。等它筋疲力尽之后，猎人才将它捆进了结实的大网，准备第二天扒了它的皮。

"唉！"狮子为自己的命运感叹起来，"没想到我威名在外的狮王，却因为一时大意落得如此下场。"

正当狮子流下难过的眼泪时，一个熟悉的声音在旁边轻轻响起了。"狮子大王，您还记得我吗？"说话的是那只小老鼠。

"你……"狮子想了想，说，"哦！你就是那天从我头上蹿过去的小老鼠啊。"

"对呀！大王，谢谢您还记得我。请您稍等一下，我一定会想办法救您的。"

说完，小老鼠就叫出了在旁边的孩子们。一声令下，它们开始用自己锋利的小牙齿咬起那张捆狮子的网来。这网可真结

实啊。小老鼠们花了整整一夜的时间，才把网咬开了一个大缺口。虽然小老鼠们都精疲力尽了，但还是很高兴靠它们自己的力量救了狮子。

蜷了一夜的狮子腿早就麻木了，它咬着牙站了起来，小心地钻出了网。虽然只是一网之隔，可是拥有自由的感觉是多么痛快，它多想畅快地吼上一声"啊"。可是，现在还不行，它得先向救了自己的小老鼠们说声"谢谢"。

小老鼠耸了耸肩膀，说："是您先因为仁慈放了我呀。不然，我怎么会有机会来报恩呢！"

狮子就这么得救了，因为经历了这次的险情，它也变得更加随和、小心了，它和小老鼠一家都成了好朋友。

猫老爹

村子里有个叫莉齐娜的姑娘，她像花儿一样美，善良的心比星星还要闪亮。可是，好姑娘有一个坏继母。继母让她干又脏又累的活，还和女儿贝比娜一起嘲笑她："瞧，她的脸像锅底一样黑。"

但树上的鸟儿说："莉齐娜很漂亮，还有一颗善良的心。"因为她经常省下饭粒喂小鸟。继母更加生气了，她更加冷酷地折磨莉齐娜。莉齐娜受不了继母的虐待，偷偷从家里跑了出来。

在一棵大树下，她看到了猫的一家。猫咪们热情地招待了她，莉齐娜留了下来。她很感激猫咪们。她每天都早早地起床，为

猫咪们做香喷喷的饭菜，还把它们的衣服洗得干干净净的。猫咪们都很喜欢这个善良的好姑娘。在猫家里，有一位白胡子的老猫咪，大家都叫他"猫老爹"。猫老爹像疼爱自己的女儿一样照顾她，希望她一直住下去。

过了不久，莉齐娜想家了，她说："我想妈妈和妹妹，让我回家去看看吧。"

猫老爹说："好姑娘，我们舍不得你啊，而且她们对你一点都不好。"

可是莉齐娜还是想回家，猫老爹只好答应了她的请求，还说要送她一个礼物。

猫老爹把莉齐娜带到金水缸前，说："跳下去吧，姑娘。"莉齐娜跳了下去，等她出来的时候，全身变得金光闪闪的，额头上还冒出了一颗美丽的金星。

不久，宫里的王子也知道了这个头上闪着金星的姑娘。当他看到莉齐娜时，就爱上了她。

于是，王子向莉齐娜求了婚，莉齐娜很庆幸能找到幸福。很快，他们就要举行婚礼了。

妹妹贝比娜看到姐姐即将成为王后，嫉妒得快发疯了。于是，贝比娜也找到了猫咪们的家。

好客的猫咪们留下了她。可这个姑娘很懒惰，还抱怨饭菜难吃，床铺太硬。有一天，猫老爹忍不住了，把她扔进了油水缸。等她出来时，浑身都沾满了油。被赶出门的贝比娜只好回家了。在路上，她听到驴子的叫声，便大骂驴子。这时，她的额头上竟然长出了一条驴尾巴。贝比娜哭着回到了家，妈妈一看她这个样子，便把所有的怒气发到了莉齐娜身上。

迎亲的日子到了，莉齐娜被继母锁了起来，而丑陋的贝比娜却盖着红绸布，做了假新娘。当载着新娘的马车路过猫咪们住的地方时，猫咪们唱起了一支歌："喵喵喵，呜呜呜，快点揭

开红头布，王子不要去上当，这个不是真新娘。"

王子听了，马上揭开了新娘的红头布，看到了额头上长着驴尾巴的贝比娜。王子大怒道："你是谁？竟敢冒充莉齐娜！你们把莉齐娜藏到哪里去了？"贝比娜吓坏了，只好说出了实情。王子回到莉齐娜住的地方。他手持长长的宝剑，吓得继母赶紧把真正的新娘交出来。

当天晚上，王子和莉齐娜举行了盛大的婚礼。新娘头上的金星发出耀眼的光芒，让她更加光彩照人。

而善良的猫咪们也来参加了莉齐娜的婚礼，猫老爹给了这对新人最美好的祝福，祝两位善良的年轻人能够幸福快乐到永远。

快乐王子

在城市最高的柱子上，有一座快乐王子的雕塑。他的衣服是用黄金叶片做的，眼睛是美丽的蓝宝石。他佩戴了一把宝剑，剑柄上还嵌着一颗硕大的红宝石。在阳光下，快乐王子非常灿烂耀眼。

一天夜里，一只小燕子飞到了快乐王子的脚下过夜。当小燕子进入梦乡后，忽然一滴水珠砸在它的头上，接着又是一滴。小燕子抬头一看，原来是快乐王子在掉眼泪。

"你怎么啦？"小燕子问。

"我每天站在这里，看到了这个城市的贫穷和丑恶，我好伤心。我只能眼睁睁看着，帮不了任何忙。"快乐王子说，"你看，那对母子多可怜。孩子生病了，却没有钱请医生。小燕子，你帮我取下宝剑上的红宝石，送给他们，好吗？"

小燕子说："好，我答应你，一定把宝石送到他们手上。"

第二天，快乐王子又对小燕子说："城市的那头有个勤奋的年轻人，他每天都在写剧本，可他就快饿死了。"说着说着，快乐王子又掉眼泪了。

"小燕子，你把我左眼里那颗蓝宝石送给年轻人，好吗？"

"我不能啄去你的眼睛，那样你会变得很难看的。"小燕子也哭起来。

"没关系，你快去吧。"快乐王子坚持道。小燕子只好答应了。

等它回来后，快乐王子又说："小燕子，广场上有个小姑娘正在哭呢。她不小心把火柴掉进了阴沟里。如果她不带钱回家，爸爸会打她的。你把我的另一只眼睛送给她，好吗？"

"这样的话，"小燕子紧张地说，"你就会变成瞎子了。"

　　"没关系。"快乐王子说，"虽然我什么也看不见了。可我会以帮助到他人而感到非常快乐。"

　　小燕子含着眼泪，取走了那颗蓝宝石，衔到了小姑娘手里。

　　"现在，你什么也看不见了。"小燕子回到快乐王子身边，真诚地说，"所以，我要一直陪在你的身边，永远照顾你。"

　　"呵呵，你真是一只好心的燕子。"快乐王子高兴地说，"你愿意继续帮助我吗？对了，我身上贴的全是金叶子，你替我把它们分给穷人吧。"

　　燕子啄走了快乐王子身上的金叶子，它飞到城市的每一个角落里，把金叶子送给那些最需要它的穷人。

　　冬天来了。可怜的燕子身上结了一层薄薄的冰。它知道自己就快死了，它并不害怕死亡，可它真舍不得离开快乐王子啊。小燕子用尽全身力气飞了起来，飞到快乐王子的脸上，深情地吻了他一下。然后，它重重地跌在快乐王子的脚下，永远地闭上了双眼。

这时，快乐王子的体内发出一阵怪响，好像什么东西破碎了。原来，看到小燕子死去，快乐王子太伤心了，他的心竟然裂成了两半。

第二天，当太阳再次照射到快乐王子身上时，他已经完全失去了往日的神采，甚至比不上任何一座普通的雕塑。

越来越多的人聚集到广场上来，他们大多是那些曾经接受过快乐王子和小燕子帮助的人。他们决定要重新修建快乐王子的雕塑。

修建过程中，人们取出了快乐王子的心脏，把燕子放进了他的胸腔。这样，小燕子真的可以永远陪伴着快乐王子了。快乐王子会一直快乐下去。

忠诚篇

- - - - - - - - - - - - -

    忠诚是人类最高尚的品德。忠诚于自己的信念的孩子，才会勇往直前，持之以恒。

苏武牧羊

汉武帝的时候，匈奴和汉朝不断发生战争。每次当匈奴快要战败的时候，匈奴的单于就派使者来求和。

刚开始，汉武帝并不答应匈奴的条件，可匈奴一次次派使者来求和。汉武帝见匈奴的单于确实有诚意，于是就答应了匈奴的求和。汉武帝派使者到匈奴去回访，汉朝的使者到了匈奴却被扣留下来，再也回不来了。公元前100年，汉武帝决定再次出兵攻打匈奴。匈奴又派使者来求和了，汉朝的使者也被全部放了回来。

这次，汉武帝派中郎将苏武拿着旌节，出使匈奴。苏武到了匈奴，给单于送上礼物。当苏武要返回汉朝时，一件倒霉的事发生了。原来在苏武到匈奴之前，有个叫卫律的汉朝大将，在与匈奴作战时被俘了。单于用荣华富贵诱惑卫律，希望他为匈奴人效力，于是卫律投降了匈奴。

单于特别重用他，封他做大将军。卫律的一个部下也是汉人，对卫律投降匈奴很不满意，他想杀了卫律，然后劫持单于的母亲，逃回中原去。可他的这个计划失败了，他还被匈奴人逮住了。单于大怒，要找出这个人的同谋来。就在这时，苏武到了匈奴，由于苏武是汉人，因此受到了牵连。单于大怒之下，想杀死苏武。被大臣劝阻后，单于又叫卫律去逼迫苏武投降。

苏武一听卫律叫他投降，就想用自杀来表明自己对汉朝的

忠诚，但是他被救了下来。单于认为苏武是个非常有骨气的人，十分钦佩他，因此单于更想让苏武投降匈奴，为自己出力。于是，苏武的伤痊愈后，单于又来劝苏武投降。

苏武的部下因为怕死，都投降了。可是面对卫律的威逼利诱，苏武不动声色，还大骂他："卫律！你是汉人的儿子，却忘恩负义，背叛了父母，背叛了朝廷，厚颜无耻地做了叛徒，你还有什么脸来和我说话。我决不会投降！怎么逼我也没有用。我就算是死，也不会选择和你同流合污。"

卫律碰了一鼻子灰。他向单于报告了情况，单于想逼苏武屈服。于是，他把苏武关在地窖里，不给他任何吃喝的东西。当时正是隆冬时节，外面飘着鹅毛大雪。苏武经受了寒冷和饥饿的双重考验后，仍然坚强地活了下来。

单于见折磨他没用，就把他送到北海（今贝加尔湖）边去放羊。单于说等公羊生下小羊就放他回汉朝，可公羊怎么能生小羊呢？很显然，单于是想流放苏武一辈子。苏武到了那里，那边什么人也没有，一片荒凉。唯一和他做伴的是那根代表朝廷的旌节。没有吃的，他就掘野鼠洞里的草根充饥。

　　后来单于死了，新单于没有力量再跟汉朝打仗，又打发使者来求和。那时继位的汉昭帝要单于放回苏武，几经周折，苏武终于在十几年后又回到了中原，回到了他日夜思念的故土。

　　苏武出使匈奴的时候四十岁。在匈奴受了十九年的折磨，他已经苍老得不成样子。他的胡须、头发全白了，回到长安的那天，全城人都出来迎接他。看到憔悴的他仍然高举着旌节，没有一个人不感动。大家都说他真是个有气节、忠诚的大丈夫。

变成石头的人

从前，有一个国王，他和王后幸福地生活着。他们除了没有孩子外，一切都很美满。 这天，城外来了一个黑人。他的嘴唇大大的、厚厚的。黑人对国王说："我有一棵仙草，只要煎水喝了，保管妇女一个月之内就怀孕。"

国王和王后听了很高兴，赏赐了黑人很多金币，并且马上派人把仙草煎成水。厨娘尝了一口。因为按照王宫的规定，为防食物有毒，厨娘都必须先尝一下。

十个月后，王后和厨娘各自生下了一个漂亮的男孩儿，王子叫达丰，厨娘的儿子叫阿丰。达丰和阿丰从小一起长大，两个人感情特别好。

有一天，达丰在城堡里打开了一个陌生的房间，屋里有一幅用白纱蒙住的姑娘画像。王子轻轻掀开白纱一看，画上的姑娘多美呀！就这样，姑娘的样子深深地刻在了达丰心里。

没过多久，痴情的达丰王子得了相思病。只有寻找到画中的女子——姬拉莉娜公主，王子的病才会好。

国王和王后为了治好儿子的病，只好让王子出发寻找心上人。一路上，他们派忠诚能干的阿丰保护王子，两个年轻人上路了。天黑了，他们来到春风妈妈的家，请求借宿一晚。"不过，你们晚上可千万不能出声哦！"善良的春风妈妈说，"春风晚上要回来，他不喜欢生人。"达丰和阿丰都点头同意了。

夜深了，春风回来了。"妈妈，有人来过吗？"春风进门就问。

"呵呵，没有呀！"春风妈妈端上来一大盘好吃的，"你饿了，快吃吧。"

这时，春风妈妈问："姬拉莉娜公主在哪里呢？要想娶她的人该怎么办呢？"

"她离这里很远，要路过一条焦油河、一片黑森林。到了她的国家后，那个人需要敲下黑森林里的树墩，自己藏在一头黄金鹿里，进入公主的房间，才能赢得公主的爱情。然后他们很快就会结婚。等他们结婚以后，公主会因为穿了一件毒衬衫而死去，除非有人能及时洒几滴雏鸠的眼泪在她身上。可是，妈妈您怎么问这样的问题呢？为了防止秘密被泄露，我起誓：如果谁把这个秘密说出去，就会变成石头。"

达丰睡得很熟，什么也没有听见，阿丰却听到了一切。

第二天，春风妈妈害怕自己变成石头人，什么也没说。"跟着我走吧！"阿丰对达丰说，"殿下，我一定会让你找到公主的！"

就这样，阿丰按照春风说的，领着王子找到了公主。他们很快结婚了，王子也继承了父亲的王位。

过了几年，王后生了一个小王子。没过多久，她也真的穿上了巫婆送来的毒衬衫。阿丰给王后滴了雏鸠的眼泪。可是，国王却认为阿丰冒犯了王后，他愤怒地说："把他拉下去，我再也不想看到他了。"阿丰说："请等等，陛下，我有话说，我希望您能明白我对您的忠诚。"

于是，阿丰讲完了整件事情，马上就变成了一个石头人。达丰和妻子非常伤心。一天晚上，达丰梦见一个白衣仙女对自己说："只要你把小王子的手指割破，把他的血滴在阿丰的石像上，他就能复活。"于是，第二天，达丰按照梦里那个仙女说的，割破了小王子的手指，将血滴到石像上，没想到阿丰真的复活了。达丰高兴极了。

从此，达丰再也不怀疑忠诚的阿丰了。

忠实的约翰

老国王生了重病，他知道剩下的时间不多了。"我要见忠实的约翰。"国王说。

约翰是一个侍候了国王很久的仆人，他非常忠诚。"我忠实的约翰，我放心不下我的儿子啊！你要答应我，一定好好帮助他。""我一定忠实地辅佐他！"约翰说。

"我死后，你千万不要让他走进那间挂有金屋公主画像的房间。他一旦看见，就会深深地爱上她，那他就危险了。"说完，老国王就闭上了眼睛。

忠实的约翰叮嘱小主人，千万不要走进挂着画像的那间房子。年轻的国王问："为什么？"

"里面有危险的东西。"约翰说。"我很想知道那是什么。"说完，国王推开了那扇门。门一开，约翰就挡住了画像。可国王

还是一眼就看到了画像。画中的少女高贵非凡，她身上的装饰品都是金子做的。国王激动得昏了过去。很久，国王才苏醒过来。

"快告诉我，画中的少女是谁？"醒来后，国王立刻问。

"陛下，那是金屋国王的女儿。"约翰说。

年轻的国王说："我深深地爱上她了。我要去找她，哪怕有生命危险！"

约翰说："那你找一些工匠来，把金子做成各种精美的玩意儿，我们去碰碰运气吧。"于是，国王下令找来所有的金匠，命令他们用金子制作各种工艺品。约翰把它们装上了一条大船，

约翰和国王出发了。几个月后，他们终于到了金屋国。

船靠岸后，约翰说："陛下，您在船上等我吧，或许我能把金屋公主带来。"

于是，他把一些精致的金制品放进篮子里，然后来到王宫。他看见一个少女提着两只金桶在打水。他拿出篮子里的东西，故意在少女面前展示。

"多漂亮的东西啊！公主肯定会喜欢。"少女说。然后，这名侍女把约翰带进了王宫。

"太漂亮了，我要全部买下来。"金屋公主看后高兴地说。

约翰说："这根本算不了什么，我主人那儿还有更精致的呢！"

公主十分好奇，说："我能看看吗？"

约翰引着公主上了船，国王就带她去看各种金制品。"扬起帆！让我们回家吧！"约翰连忙对水手们说。当公主看完所有东西后，才发现船已经在大海中了。"尊敬的公主，对不起。这样骗你，是因为……"金屋公主听了国王的解释后，很感动。她愿意嫁给他。

这时，约翰听见三只渡鸦在叽叽喳喳说话。他懂鸟语，第一只渡鸦说："他赢得了金屋公主，让他去吧！"第二只渡鸦说："但上岸后，会有一匹马向他跑来，只要他骑上那匹马，就再也看不到公主了。"第三只渡鸦问道："有什么办法改变命运吗？"第一只渡鸦说："除非有人坐上去刺死那匹马，国王才会得救。可不会有人救他的，因为谁救了国王，谁就会变成石头人。"

上岸后，真的出现了一匹马，约翰按渡鸦说的方法救了国王。他果然变成了石头人。

国王只好伤心地把石像运回了王宫。他经常对着石像叹气："唉，约翰，你怎样才能复活呢？"

一次，石像竟说话了："陛下，只要您砍下王后刚生下的双胞胎的头，将他们的血溅到我身上，我就会复活了。"

杀死自己的孩子是多么痛苦的事啊！可国王想到约翰的忠实，还是拔出了佩剑。谁知这时，约翰复活了。他挡住国王的剑，说："陛下，你感动了上天，挽救了我们的生命。"

七美人

　　从前，村庄里住着一对贫穷的夫妻。他们有一个勤劳美丽的女儿。她实在太优秀了，她比七个女孩加起来还要能干，所以，人们都叫她"七美人"。

　　七美人不但心灵手巧，而且十分美丽。她去做礼拜时，总是蒙着一块面纱，以免人们总是盯着她而亵渎了神灵。有一次她做礼拜的时候，王子看到了她曼妙的身影。他很想看看她的面容。

王子问随从："那个女孩子为什么总是蒙着面纱呢？"

随从说："她叫七美人，是这个村子里最美丽的女孩子，她不愿让别人看到她美丽的容颜。"

王子决心认识这个女孩子，于是他让仆人拿一枚金戒指给她，请她到大橡树下见面。七美人真的来了，因为仆人说有人想请她绣一件衣裳。

王子立刻深深地爱上了七美人。他请求她嫁给他，但七美人说："您是王子，而我是穷人，您的父王会生气的。"

但是王子太爱她了，他不停地请求，七美人被感动了，她答应了王子的求婚。

世界上没有不透风的墙。一天，一个老女仆对国王说了王子和一个穷姑娘相恋的事。国王大怒，立刻派人去烧七美人的家。当七美人看到熊熊的火焰后，她忙跳进窗外的枯井中，逃过了这一劫。但是，她的父母却被烧死了。七美人知道这一切都

是国王指使的，她要替她父母报仇，她便换了一套男人的衣服，改名翁格吕克，到王宫给国王当仆人。

现在七美人没有了，取而代之的是翁格吕克。由于翁格吕克既勤快又聪明，国王非常喜欢她。于是，她很快就成了国王的贴身仆人。后来，王子再也找不到七美人了，而国王又告诉他七美人已经死了。他非常难过，但是要继承王位，王子必须有一个王后，他勉强答应娶另一个国家的公主为王后。

在迎娶公主的路上，全国所有的臣民都被邀请了。所有的仆人都跟着国王和王子去了邻国，其中当然也包括可怜的翁格吕克。当来到新娘的宫殿附近时，她用动听的声音唱着："我是翁格吕克，很熟悉七美人……"

王子听到了歌声，就问身旁的父亲："是谁的歌声这么动听呢？"

国王很骄傲地说："还能有谁，当然是我的专属仆人翁格吕克。"

这时候，她又唱了一遍这首歌，王子终于听出了她的声音，找到了他的七美人。

王子对邻国国王说："我有个橱柜，但是我不小心弄丢了钥匙，于是我配了一把新钥匙。可是后来我又找到了旧钥匙，您说我应该用哪一把呢？"

"还是用旧的那把比较好。"新娘的父亲说道。

听到这样的回答，王子高兴极了。他把七美人拉到所有人面前说："这就是我的'旧钥匙'，我要和她永远在一起。"

王子的父亲看到自己的儿子对七美人的痴情，便只好屈服了。他看到这时的翁格吕克，噢，不，应该是七美人，真的太美丽了。他无法阻挡两个深深相爱的人在一起。

打火匣

一个贫穷的士兵在路上碰见了一个老巫婆。老巫婆说，只要他钻进旁边的树洞，取出旧打火匣给她，就可以得到很多的钱。

于是，士兵溜进了树洞，看见了三道门。他打开第一道门，有一条狗坐在那儿。狗的眼睛有茶杯那么大，直瞪着他。士兵想起巫婆的话，把它抱到地上，然后打开箱子，往衣袋里放了许多铜板，接着把箱子锁好，再把狗放到上面。

他又走进第二个房间，看见了眼睛大得像车轮的狗。在它下面，他找到了很多银币。第三个房间里仍然坐着一条狗，它的两只眼睛像一对圆桶。在它下面，他找到了很多金币。在第三道门里还找到了打火匣。

士兵出了树洞，巫婆马上索要打火匣。

"打火匣有什么用呢？"士兵问。

"我可不能告诉你。"巫婆说着就要对士兵施魔法，士兵一拳就把她打死了。士兵用老巫婆的围裙把所有的钱都包起来，然后把打火匣放在衣袋里，朝一座漂亮的城市走去。

到了城里，他住进一家最好的旅馆，开了间最舒服的房间。他买了件最华丽的衣服，交了很多朋友，他还常送钱给穷人。就这样，他的钱很快就用完了，后来穷得连一支蜡烛也买不起了。

有一天晚上，他忽然想起了打火匣。于是，他拿起打火匣，擦了一下，火星冒了出来。

这时，房门忽然开了，他面前出现了一条狗。它的眼睛跟茶杯一样大，正是他在树洞里看到的那条。那条狗说："我的主人，有什么吩咐？"

士兵惊奇极了，想了想说："替我弄些钱来吧！"不一会儿，狗嘴里衔着一大口袋钱回来了。多么奇妙的打火匣！只要擦一下，有铜

钱的狗就来了；擦两下，有银币的狗就来了；擦三下，那条有金币的狗就出现了。很快，他又成了有钱人。

有一次，他听说王宫里有位漂亮的公主，他想看看这位公主。于是，他擦了一下打火匣，那条眼睛跟茶杯一样大的狗就来了。士兵说："替我把公主带来吧！"狗点点头走了。不一会儿，狗果然背着熟睡的公主回来了。士兵忍不住吻了公主，然后又让狗把她送回王宫。

天亮时，公主说，她做了一个奇怪的梦，梦见自己趴在一条狗身上，后来一个士兵还吻了她。"这个故事真有趣！"王后说。

第二天夜里，狗再次背起熟睡的公主，从宫里跑出来时，一个老宫女看见了，立刻追了上去。她见狗进了一幢大房子，于是就在大房子的门上画了一个"十"字。狗发现了这个"十"字，于是在所有的门上都画了一个"十"字。它很乐意帮主人。

早晨，老宫女带着国王、王后来找那幢房子，却怎么也

找不到。不过，王后非常聪明，她做了个有洞的小口袋，里面装满了细荞麦粉。把它系在公主的身上。

当狗再一次把公主背出来的时候，它没有发现地上留下的荞麦粉。因此，国王和王后抓住了士兵，准备第二天就把他绞死。

第二天，那个士兵被带到绞刑架上。士兵说："陛下，你能派人把我的那个打火匣拿来吗？我想最后再抽一口烟。"国王答应了。没多久，打火匣就被拿来了。

于是，士兵用打火匣找来了那三条狗，狗狂叫起来，让人不敢靠近。

国王没有办法，只好放了士兵，还把美丽的公主嫁给了他。他们幸福地生活在一起，当然还有那三条忠诚的狗。

正直篇

- - - - - - - - - - - - -

正直的孩子始终和正义站在一起，不畏邪恶。

卷毛角鲁盖

从前，有一个尊贵的王后，她生了一个很丑的儿子。这个孩子一生下来，额头上就长着一撮卷发，因此大家都叫他"卷毛角鲁盖"。看着别人的孩子又健康又漂亮，而自己的孩子又丑又小，王后非常苦恼。

仙女知道以后，特意来到王宫。她抱着孩子凝视了很久，然后才对王后说："亲爱的王后，你不要担心，这孩子虽然相貌丑陋，但他非常聪明。我将送他一种能力，等他长大以后能将智慧分给喜欢他的人，同时也得到对方的美貌。"

七年以后，邻国的王后生了个美丽的女儿，但是令她和国王失望的是，这个女孩是个傻子。仙女也来到了这个王后的身边，她说："虽然这孩子很傻，但是她长大以后，可以把自己的美丽分给所爱的人，同时得到他的智慧。"时间似

乎过得很快，男孩和女孩转眼就长大了。

有一天，仆人们带着傻公主到森林里玩耍。公主高兴地跑来跑去，不知不觉竟将随从们甩在了身后，自己跑进了茂密的森林，迷了路。公主害怕极了，于是大哭起来。就在这个时候，她遇见了卷毛角鲁盖。鲁盖彬彬有礼地向公主问了好，然后恭敬地说："你好，可爱的女孩，你为什么哭泣？"鲁盖还情不自禁地赞美公主："我从来都没有见过像你这么漂亮的姑娘。"

公主说："你不要取笑我，因为从来没有人夸奖过我。虽然我长得好看，但是我很笨。"

卷毛角鲁盖说："你不要难过，我有种能力，可以将自己的智慧分给喜欢我的人。如

果我们结婚，那么你就可以渐渐聪明起来。"公主看了看丑陋的
鲁盖，有些犹豫。

鲁盖并不想让公主立刻作出决定，于是说："如果你下不了
决心，那么一年后再回答我好了。我愿意等待你的回答。"公
主说："好吧，一年后我们还是在这里相见，等那时候我再告诉
你我的决定。"刚说完这句话，她就突然感觉自己的头脑开始清
醒了。

于是，头脑渐渐清醒的公主高高兴兴地和卷毛角鲁盖聊了
一下午。等她回到宫殿的时候，所有人都觉得公主变得聪明了，
但他们并不知道这是怎么一回事。

国王也欣喜地察觉出了女儿的变化。他越来越喜欢和她一
起商量国家大事了，因为女儿的建议都很有用。

许多人知道公主既漂亮又聪明，便纷纷来向公主求婚，但
是公主觉得他们都不聪明。有一次，来了一位英俊的王子，他
各方面的条件都让人很满意。国王就等着女儿点头了，可是公
主并没有答应。她已经变聪明了，知道这些人来向自己求婚，

并不能使自己得到幸福。

　　一年以后，公主忽然想起了森林里的约定。于是，她又来到了森林。鲁盖正等在那里，他说："你好，公主。现在你愿意嫁给我吗？"公主点了点头，说："当我还是个愚蠢的女孩时，所有人都不愿意理睬我，只有你愿意和我在一起。因此，我也不会介意你的容貌。"

　　卷毛角鲁盖听了，高兴极了。他又说："那么你答应嫁给我，愿意把你的美貌分给我，同时接受我的智慧吗？"公主说："我当然愿意！"她刚说完，鲁盖的卷毛角没有了，他变成了一个英俊的王子，而公主也更加聪明了。第二天，他们就结婚了，从此过上了幸福的生活。

一支魔法笔

从前，有个孩子，从小就很喜欢画画，可惜家里太穷了，买不起纸笔。后来，他砍柴累了，就用树枝在地上画鸟儿；晚上睡觉前，他还要用木炭在窑洞壁上练习画画。

一年年过去了，这个孩子渐渐长大了，他的画也画得越来越好了。有一次，他在沙地上画了一只小鸡，惹得天空中的老鹰一直围着画打转呢。他多想有一支真正的画笔啊。

一天夜里，孩子正睡得迷迷糊糊的。突然，眼前金光一闪，一个白胡子老爷爷，头顶五彩光环，出现在孩子面前，老爷爷的手中还握着一支亮晶晶的画笔。

"这是一支魔法笔，只有真正喜欢画画的人才配拥有它。现在我把它送给你了，你可要好好珍惜呀。"白胡子老爷爷和蔼地说。接着，他把笔递到孩子手上后就消失了。

孩子惊醒了，看着仍旧破旧的家，叹气道："唉！原来这只是一场梦啊！"接着，他坐在床上发起呆来。突然，他发现枕边真的放着一支画笔。和梦中老爷爷手中的那支一模一样。他高兴极了，顾不得穿衣服，就在墙上画起画来。原来，这是一支魔法笔，无论画什么都能变成真的。从那以后，孩子总是热心地帮助村子里的穷人，给他们画犁、锄头、水牛……

很快，魔法笔的事情被大财主知晓了。他派了几个凶悍的仆人把孩子的魔法笔抢了去。拿到闪亮的魔法笔，大财主十分

得意。他立刻就在墙壁上画了很多钱。可是，等了半天，那些钱也没有变成真的钱。

"可恶，难道这支有魔法的笔外人不能使用吗？"

正在这时，孩子也来要他的笔来了。

"哈哈！你来得正好！"大财主高兴得直搓手，说："我正要派人去请你呢。你先坐下，我们好好聊聊。"说完，大财主派人准备了一桌大鱼大肉。

"我只要我的笔，其他的什么也不要。"不管大财主许诺给他多少金银财宝，都被孩子拒绝了。

"砰！"大财主终于失去了耐心，生气地摔掉手中的杯子，对孩子大声吼道："我看你是敬酒不吃吃罚酒！今天你要是不画出我想要的东西，你就别想走出我这大门！"

"你要我画什么呢？"孩子实在没有办法，只好先答应着。

"哈哈，你现在赶紧给我画一棵摇钱树！"

孩子拿过大财主递来的魔法笔，在墙上画起来。立马，平静的大海就出现了。

"我要摇钱树，不要大海。"大财主在旁边气得跳了起来。只见孩子不紧不慢地在海中央画了一棵很大的摇钱树。那上面挂的钱都要把树枝压断了。"船，快画船！"大财主看到那么多钱，急得张牙舞爪的。于是，孩子又画了一只大船。大财主高兴得什么也不顾了，赶快爬到船上。"船太慢了，你画些风把我吹到那里去吧。"只见孩子大笔一挥，大海上刮起了大风。风越来越大，浪也越来越猛。天空中飘来了乌云，海上电闪雷鸣。

"风够了！风够了！"大财主大声地喊道。孩子假装什么也没听见，继续卖力地画着。

最后，船翻了，桨碎了，大财主也永远消失了。孩子回到自己的家里，继续帮大家致富。

老苏坦

　　牧羊人和妻子孤孤单单地住在草原上的一间小屋子里。他们有一条名叫苏坦的狗。苏坦刚刚断奶的时候，就被牧羊人抱回家了。许多年过去了，苏坦明显老了，老得连牙齿也没有了。有一天，牧羊人和他的妻子站在房屋前。牧羊人说："把这么老的狗养在家里有什么用？我准备明天上午就把它杀掉。"妻子非常难过，她恳求丈夫："把这条可怜的狗留下吧，它在咱们家都这么多年了，它还吓跑过好几个小偷呢！"

　　牧羊人却回答："你真傻，我们养一条老狗有什么用？现在它嘴里没有一颗牙齿，哪个小偷会怕它啊。以前它的确为我们做过不少事，可那是它谋生的方式。现在它已经老得没什么用

了，杀了它更好。”

可怜的苏坦就躺在离他们不远处，把牧羊人和他妻子的对话听得清清楚楚。想到明天就是自己的末日，这条可怜的老狗非常害怕。苏坦想来想去，也想不出一个好办法。

傍晚的时候，一只狼出现了。它问苏坦为什么难过，苏坦就把自己的担忧讲了一遍。狼沉思了很久，想出了个主意。它对苏坦说：“你别着急，我有个好办法。”

苏坦急忙问：“什么办法？你快说。”

狼不慌不忙地说：“你的主人每天清晨都会带着小孩去地里干活，他们干活时，就会把小孩放在篱笆下。我偷偷地把小孩叼走，然后你就马上拼命地追赶我，我就会把小孩扔下逃走。这么一来，你的主人一定会很感激你救回了他们的孩子，他们就不会杀你了。”狗听了后，认为这是个好办法。第二天清晨，它们便按计划进行，苏坦顺利地救回了小主人。

牧羊人看到爱子安然无恙，高兴极了。他拍了拍苏坦的头，感激地说："老苏坦，你从狼口里救回了我们的孩子，我不会再杀你了，还要好好地养着你。"

晚上回到家里，牧羊人不仅让妻子给苏坦做了很多好吃的，还把自己的软垫子铺在狗窝里。从这以后，苏坦如愿以偿地过上了好日子。

狼觉得自己的功劳很大，于是来向苏坦讨报酬。狼对狗说："现在你也该帮我个忙了，今晚我来偷羊的时候，希望你不要吭声。"苏坦说："不行，虽然你帮助过我，但我也不能因此就帮你去做坏事。"狼认为狗只是在开玩笑，不会认真对待此事。于是，晚上它真的跑来偷羊了。但苏坦把狼的企图告诉了

主人，主人早就做好了准备，狼没有得逞。

狼非常气愤，发誓要对苏坦进行报复。第二天早晨，狼派手下的野猪来向苏坦挑战。苏坦找不到帮手，只好带着主人家的瘸腿猫来到森林里。瘸腿猫走起路来极不方便，所以就把尾巴竖起来平衡身子。

狼和野猪远远地就看到了猫竖在空中的长尾巴，以为那是猫为帮助苏坦决斗而带来的一把刀。猫每跛一次脚，它们就以为它在蹲下来捡石头。野猪先害怕了，急忙藏进了灌木丛里。狼也心惊胆战，它跳到了大树上。野猪太胖了，耳朵怎么也藏不好。猫看到猪耳朵在灌木丛中晃动，就跳起来扑了上去，又是撕咬又是抓挠。野猪急忙逃跑，一边跑一边叫："树上的才是你们要找的对头。"

苏坦和猫抬头看到了狼，它们笑话它是逃兵。狼十分羞愧，就提出和苏坦讲和。苏坦说："只要你不再去干坏事，我是可以原谅你的。"从此以后，狼变得老实多了。

正直的牧羊人

很久以前，在遥远的北方生活着一个正直的牧羊人。他独自住在山林中，靠自己的劳动过着幸福的生活。有一天早上，他像往常一样正准备外出放羊。突然他感到一阵头晕目眩，一下倒在了地上。从那以后，他就生病了。

山林中住着一些整日为非作歹的妖怪，他们看到牧羊人卧病在床，就决定利用这个机会，拉他入伙，一起干坏事。一天，妖怪头子装扮成一个漂亮的姑娘，来到牧羊人的身边。她羞涩地对牧羊人说："可怜可怜我吧，我是一个孤苦伶仃的可怜人，你愿意收留我一起生活吗？"

"你最好还是闭嘴吧！"牧羊人对姑娘怒吼道，"你以为我不知道你是谁吗？你这个可恶的妖怪，竟然变成一个姑娘，用这种卑鄙的手段来骗我！我怎么会上你的当呢？"

　　妖怪头子看到自己的诡计被识破了，非常生气。他想了一会儿又说："好吧，既然你知道我是谁了，那么我为什么来找你，你也一定知道。如果你愿意跟我们在一起，我保证你的病马上会好起来的。"

　　牧羊人冷笑着说："收起你的好心吧，你们这群没有心肝的妖怪，没有干过一件好事，坏事却被你们做尽了。我就是死了，也不会跟你们一起的。"说完，他拿过一件毛衣，盖在了自己的头上，不再看妖怪头子一眼。

　　妖怪头子见牧羊人意志这样坚定，气得脸色发青，变回了原形。他恶狠狠地咒骂了牧羊人几句，狼狈地走了出去。

在牧羊人居住的那座山的另一边，住着一位憨厚老实的乡下人。他听见乡邻们议论道："山那边有一个牧羊人，真是一个正直的人。宁愿自己病死，也不愿意接受妖怪的'帮助'。"憨厚的乡下人被感动了，于是决定去山那边照顾生病的牧羊人。

不久，乡下人翻过了那座山，来到了牧羊人居住的山林，找到了牧羊人。他急忙走近牧羊人，热情地张开双臂拥抱牧羊人。

牧羊人心中立刻觉得一阵温暖，像一股暖流流过心间。他像见到了与自己分开很久的亲人，笑着问乡下人："我的亲人哪！你从哪里来？为什么要来我这里？"

乡下人笑着说："我住在山的那边，听说你病了，需要人照顾，于是立即赶到这里！"

牧羊人奇怪地问："是什么让你作出这样一个决定的呢？"

乡下人不假思索地回答："我听说你为人正直，宁愿病死也不愿意接受妖怪的'帮助'，和他们一起做坏事。一直以来，我就想要和像你这样充满正义的人做朋友。假如你不嫌弃我，我愿意住在你这里，做你的朋友，好好照顾你，用我们自己的双手创造美好生活！"

　　牧羊人听了乡下人的这一番话后深受感动，他说："我当然愿意和你共同生活。你也是一个非常正直的人，能有你这样一位朋友，我也感到非常荣幸。我有一群羊，以后咱们就一起放羊吧！"说完，牧羊人紧紧地拥抱了乡下人。

　　在乡下人的细心照顾下，牧羊人的病很快就好了。他变得和以前一样强壮有力。从此，这两个正直的人像亲兄弟一样生活在了一起。他们虽然不是很富裕，但是内心充满了快乐。

魔壶

在一间普通的小房子里，住着一位善良的老人。这天，老人准备到地窖里取一些几年前储存的葡萄酒，那些酒可是他的宝贝。谁知道，老人在地窖里取了酒，竟然又发现了一个锈迹斑斑的水壶。他已忘了地窖里怎么会有这样一个水壶。不过，这并不妨碍他使用水壶。

"先用你烧壶开水吧，再不用就得锈坏喽！"老人一边说，一边往水壶里灌满水，放在了炉子上。

过了一会儿，老人估计水壶里的水该开了。他走进厨房，真是奇怪了，水壶竟然不见了。炉子旁边有一只活蹦乱跳的貉。老人也不知道它是从哪里跑来的。他担心这只活蹦乱跳的貉会

撞坏屋子里的东西，急忙拿来它最喜欢吃的东西。在美味的诱惑下，貉乖乖地让老人捉住了它。

老人把貉放在一个木箱子里，正在考虑怎么处置这只貉。这时，一个商人来到了老人的小屋，他看见了这只可爱的貉。他告诉老人他愿意买下这只貉。老人听了高兴极了，他赶紧把木箱子打开，让商人抱走貉。谁知貉在他们眼皮下竟然凭空消失不见了，装在里面的还是那个锈迹斑斑的水壶。可是因为已经告诉老人要买下貉，所以现在即使箱子里面不是貉，他也不好多说什么。最后，商人只得无奈地买走了水壶。

走着走着，商人觉得背上的水壶越来越重。好不容易，他才把水壶搬回了家。

半夜里，商人被一阵声响吵醒了。他起床一看，水壶不见了，地上却多了一只貉。那只貉整晚都在屋里跳来跳去，害得商人一夜没睡个安稳觉。第二天一大早，商人实在是受不了了，决定把貉拴起来。可是他发现貉不见了，水壶又回来了。这时，他终于明白了水壶其实就是貉，貉就是那个水壶。

商人为此很是头疼，不知道该如何是好。于是，把这件奇怪的事告诉了邻居。邻居给商人出了一个主意，说道："你让貉给人们表演吧。这样，你很快就可以赚到很多钱。"

商人听从了邻居的建议，在家门前的空地上搭建了一个大棚子。他在棚子门口挂了一块招牌，请路过的人进去看表演。

"大家看好了，这可是一个水壶哟。"商人说道。然后，他喊了一声"变"，水壶就马上变成了一只貉。貉在舞台上又蹦又跳。

"给大家跳个舞吧。"商人的话音刚落，貉真的跳起舞来。它一会儿从舞台跳到观众身边，一会儿又跳上舞台，它的机灵乖巧逗得观众纷纷鼓起掌来。

日子一天一天地过去，看表演的人也越来越多，商人很快就凭借着貉的表演变成了一个大富翁。他是一个正直的人，从来没有忘记过那个卖水壶的老人。他认为自己所有的财富都是那个老人给的，他们应该共同分享貉带来的财富。

于是，商人在水壶里装上满满的金币，带着它来到了卖水壶的老人家里。他把事情的经过仔细地讲给老人听。老人又高兴又惊讶，没想到自己无意之间卖掉的一个水壶会给人带来一生的财富。

"来，我现在就把水壶还给你吧，里面装的金币也都归你了。这些是你应得的。非常感谢你的这个水壶给我带来的财富。"商人感激地对老人说。就这样，魔壶给他俩都带来了好运和财富。从此以后，老人和商人都过着幸福快乐的生活。

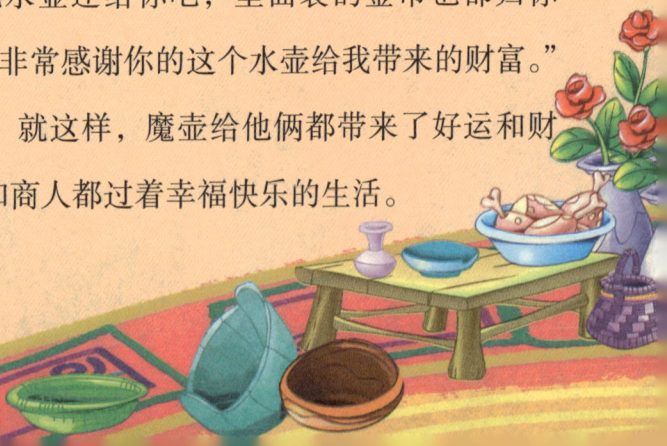

盗火种

　　宙斯和人类发生了一点矛盾，一气之下把人类的火给没收了。他想借此让人类完全服从自己的命令。人类首领伊阿佩托斯的儿子普罗米修斯，看到同伴们冷得瑟瑟发抖的样子，非常气愤，他决心帮助大家。

　　普罗米修斯找来一根茴香秆，扛着它悄悄走近宙斯乘坐的太阳车。他将茴香秆伸到熊熊的火焰里，不一会儿枝叶被点燃了。就这样，普罗米修斯带着珍贵的火种回到了部落里。他用火种将一堆木柴点燃起来，人们围着火堆欢呼起来。

　　这可把宙斯给气坏了，他决定狠狠地惩罚普罗米修斯。宙斯派儿子赫淮斯托斯和两名仆人去折磨普罗米修斯。这两名仆人叫克拉托斯和皮亚，他们名字的意思是强力和暴力。他们用铁链把普罗米修斯锁在高加索山的悬岩上，让他悬在可怕的深渊中。这样还不够，宙斯每天都派一只恶鹰去啄食普罗米修斯的肝脏。可肝脏无论被吃掉多少，很快都会恢复原状。

普罗米修斯并不后悔，他默默地承受着痛苦。

虽然赫淮斯托斯很佩服普罗米修斯的正直，可仍然无法改变这个囚徒的命运，他至少得受三万年的折磨。

许多年后的一天，神箭手赫拉克勒斯经过这里，看到恶鹰在啄食普罗米修斯的肝脏，便取出弓箭，射死了恶鹰，然后他解开锁链，带普罗米修斯离开了山崖。不过，为了不再受到宙斯的纠缠，普罗米修斯必须永远戴着一个铁环，上面镶着一颗高加索山上的石子。对于普罗米修斯来说，这并不重要，因为他的心早已装满了百姓的幸福，感受不到任何痛苦了。

琴手达木金

很久以前，在美丽的草原上，有一间破旧的毡房。这毡房和大多穷牧人的毡房没有什么两样，可住在里面的一个叫达木金的少年，丝毫没觉得生活有多不如意，因为他是个十分乐观的人。虽然达木金很贫穷，可总是喜欢在闲暇之余拉起心爱的胡尔琴，他的胡尔琴琴声可动听了。鸟儿听到他的琴声，会在他的周围盘旋很久，舍不得离开；牛羊听到他的琴声，会陶醉在琴声中，停止吃草。

无论生活多么艰难，达木金都会拉起心爱的胡尔琴，让自

己忘记一切不愉快的经历。邻居们听了达木金的琴声，也会忘掉生活的艰辛。所以，邻居们都非常喜欢他，感谢他用琴声为大家带来的欢乐。

在一个炎热的夏天，达木金赶着羊群来到了大海边，浩瀚碧蓝的大海美丽极了。坐在金色的沙滩上，达木金忍不住又拉起了琴。动人的琴声传到海底，龙王听到这美妙的胡尔琴琴声，被深深打动了。龙王推开浪花，来到海面，看见英俊的达木金正坐在海边拉琴，于是邀请达木金到龙宫做客。

达木金来到了金碧辉煌的龙宫。龙王想把达木金留在身边，随时拉琴给自己听。于是，他拿出了无数金银财宝想留下达木金。可达木金说："对不起，龙王陛下，我不能答应您的要求。我在这里拉琴，只能让你一个人开心。如果我回到大地上，我可以用我的琴声让更多的人快乐。"就这样，达木金又回到了邻居中间，每晚用琴声给大家带来许多欢乐。

勇敢篇

　　勇敢的孩子总能奋发向上，克服种种困难，抵达胜利的彼岸。

勇士海森

从前，有一个叫海森的人，他非常勇敢，人们都喜欢叫他"勇士海森"。但是，海森的妈妈却很担心儿子会骄傲起来，从来不夸奖他。海森很不甘心，他要周游世界，看看世界上是不是真的有比他更勇敢的人。他穿过了一座大森林，还翻越了一座大山，碰见了一个骑着狮子的人和一个骑着老虎的人。海森看看自己骑着的马，心想："或许他们真的比我勇敢。"于是，海森问："请问你们两位要去哪里呢？"

"我们在周游世界，不过还想在这里住两天，你要是愿意可以和我们一起。"两人回答说。海森正想找个机会和他们较量一下，就欣然同意了他们的建议。他们约好，第一天海森打猎，骑老虎的人捡柴，骑狮子的人烤面包。

晚上，到了吃饭的时间，骑狮子的人却没有端出可口的面包。他说："刚才一个饥饿的老头路过，我看他可怜，就把面包给他吃了。""嗯。帮助老人是应该的。"海森赞同地说。

第二天，轮到海森捡柴，骑狮子的人打猎，骑老虎的人烤面包。和前一天一样，当他们回来后，骑老虎的人也没有拿出面包来。"今天又来了一个可怜的老头，我也把面包给他了。"听了骑老虎的人的解释，大家都没有说什么。

到了第三天，轮到海森烤面包了。他烤出了一个又大又香的面包。正当海森思考着会不会又出现一个老头时，背后突然来了一个大黑怪。

大黑怪耸了耸鼻子，说道："你烤的面包比你的同伴的香多了。"

海森这才知道，那两个同伴口中的可怜老头原来是这个大黑怪。他以最快的速度抽出宝剑对着大黑怪的头砍去，谁知大黑怪立刻又长出了一个头。直到海森砍了七次，大黑怪才终于承受不住倒在地上死了。海森从大黑怪身上搜出了一个装着七只小鸟的透明盒子。

　　两个同伴回来听到海森的叙述后非常羞愧。他们答应海森一起去大黑怪的洞里看看，还主动提出要走前面。两个人把绳子系在腰间先后下到洞里。可是，没过多久，他们就大叫着"有火"，让海森把他们拉了上来，海森没办法只好自己下去看看。当他下到有火的地方，并没有让同伴把他拖上去，而是加快速度，直接落到了洞底。他意外地看到一个美丽的姑娘在低声哭泣。"你是人还是鬼？"海森警惕地问道。

　　"我是人，一个大黑怪把我抢来，要我做他的老婆。我不同意，

他就把我捆在这里，天天鞭打我。"姑娘说。海森把姑娘放了，告诉她大黑怪已经被自己杀死了。姑娘很感激海森，还帮助海森找到了大黑怪的宝藏。海森让两个同伴把宝藏和姑娘拉了上去，然后他把绳子系在腰上再让他们把自己拉上去。两个同伴为了私吞宝藏和姑娘，就把海森拉到半空中又放了下去，想摔死他。

海森重重地摔了下去，砸穿了一层地狱。在那个黑暗的世界里，他又看到了一个坐在海边哭泣的姑娘，经过一番打听，才知道原来海神要强娶这个姑娘。"不要哭，我会救你的。"说完，勇敢的海森拔出宝剑，狠狠地朝出现在海面上的海神砍去。可是砍了好多次，海神依然安然无恙，他还把海森踩在了脚底。

"你可以告诉我这是为什么吗？为什么我砍你那么多刀，你仍然一点损伤都没有。"海森说。

"哈哈，我不像你们凡人，生命在自己体内。我的

生命在一个黑色巨人身上的盒子里。"还没等海神说完，海森赶快打开从大黑怪那里取来的盒子，掐死了里面的七只小鸟。只听"砰"的一声巨响，海神掉进海里死了。

周围突然出现了许多欢呼的人，他们都夸赞着海森的勇敢。在他们的帮助下，海森回到了地面。这时，那两个同伴正在为怎么分宝藏和那个漂亮姑娘而争吵呢。海森毫不费力就杀死了他们。姑娘很喜欢海森的勇敢，希望能够做他的妻子。于是，海森带着漂亮的姑娘和宝藏回到了妈妈身边，并且把自己所有的经历详细地讲给了妈妈听。

"妈妈，我是最勇敢的人吗？"海森问道。"是的，你是世界上最勇敢的，我亲爱的儿子。"妈妈毫不犹豫地说。妈妈也为自己有这么勇敢的儿子而感到无比的自豪呢。

钟声

"暮钟响起来了！太阳落下去了！"每当一阵不知道从哪里传来的钟声响起时，总会有几个人这样念叨着。

后来，人们开始互相传说："树林里是不是有一个教堂？这钟声的调子是那么奇妙和动人，我们应该去仔细瞧一瞧。"但是又有三个路人说，他们把整个树林都走完了，直到树林的尽头，也没有看到有什么钟，更别说教堂了。可是，这并不妨碍孩子们对钟声的向往。在举行坚信礼那天，当牧师朗诵完一篇精彩的演说词后，受坚信礼的孩子们更受到了极大的鼓舞，决定立刻去寻找那钟声。可爱的孩子们就这样手挽着手出发了。

没过多久，有两个最小的孩子就感到腻烦了，掉头回家去了。过了一会儿，又有两个小女孩要坐下来扎花环，不愿继续寻找了。其余的孩子走进林子深处没找到钟，他们也觉得那钟声是不存在的。

　　正在这时候，一阵柔和而庄严的钟声响起来了，在树林里回荡着，有四五个孩子决定再向树林深处走去。

　　后来，他们在一座用树皮和树枝盖的房子前停下了。房子前有一棵结满了苹果的大树，它的长枝盘在房子的三角墙上，墙上正挂着一口小小的钟。

　　"哈哈，找到了，找到了！"孩子们欢呼起来，决定原路返回。只有一个孩子不

作声，他是国王的儿子。"这口钟这么小，声音不可能传那么远的。"小王子坚定地说。可是，谁也不相信他。他只好一个人继续走，越向前走，心里就越充满一种对寂静森林的好奇。

突然一阵沙沙的响声从旁边的灌木丛中传出来，小王子面前出现了一个男孩子。原来，这个孩子也是在这天参加过坚信礼的，只是他得先回去把衣服和靴子还给老板的儿子，所以来晚了。

"我们一块儿走吧！"小王子友好地说。这个穿着木鞋、破衣裳的孩子感到非常尴尬，他不能走得像王子那样快，而且他认为钟声是从另一边传来的。

"那么，我们也不能一起寻找钟声了。"小王子感到很遗憾，转身走了。那个穷苦孩子则向着这片树林的另一边走去，荆棘把他单薄的衣服钩破了，把他的脸、手和脚划得流出血来。

小王子也没有停下自己的脚步，继续朝前面走去。他的身上也被刮伤了好几处，不过他的心里却充满了阳光。"即使我走到世界的尽头，"他依然那么坚定，"我也要找到那口钟！"

小王子来到一片非常美丽的绿草地。草地上有公鹿和母鹿在嬉戏，而且还有茂盛的栎树和山毛榉，野草和藤本植物从树缝里长出来。这片草地上还有个静静的湖，湖里有游泳的白天鹅，它们在欢快地拍着翅膀。

小王子站着静静地听，觉得钟声仿佛是从深深的湖里飘上来的。不过他马上就注意到，钟声并不是从湖里传来的，而是从森林的深处传来的。太阳渐渐下沉了，天边像火一样地发红，森林里一片静寂。小王子跪了下来，唱起了黄昏的赞美歌。

他对自己说："难道我将永远看不到我所追寻的东西吗？现在，太阳已经下沉了，漆黑的夜就快来到了。也许在圆圆的红太阳没有消逝以前，我还能够再看它一眼吧。我要爬到山崖上

去，因为那儿比最高的树还要高。在那里，或许我能看清一切。"说完，王子攀着树根和藤蔓在湿滑的石壁上爬着，每一步都很困难。不过，在太阳没有落下去之前，他已经勇敢地爬上去了，他站在高高的山崖上可以更近地看到太阳。

"啊，多么美丽的景象啊！"王子情不自禁地赞叹道。他的眼前呈现出一片美丽的茫茫大海，汹涌的海涛向岸上袭来，太阳悬在海天相连的那条线上，像发光的大圆球，一切融化成为一片鲜红的色彩。树林在唱着歌，大海在唱着歌，他的心也跟它们一起在唱着歌。

整个大自然成了一个伟大的、神圣的教堂：树木和浮云就是它的圆柱，花朵和绿叶就是它柔软的地毯，天空就是它广阔的圆顶。就在这个时候，那个穿着短袖上衣和木鞋的穷苦孩子也爬上了山崖。他是沿着自己寻找的道路，在同一个时候到达的。小王子赶紧扶住他，两人的双手在这大自然和诗的教堂中紧紧地握在了一起。

那座看不见的神圣的钟在他们的上空摆动着、鸣响着，幸福的精灵在教堂的周围跳舞，唱着欢乐的颂歌！

孝顺篇

只有懂得孝顺父母和长辈的孩子，才能享受到感恩所带来的快乐。

儿子在哪里

从前，在法国的一个小村庄外面，有一口很大的井，井边有一块光滑的大石头。这口井是村里唯一可以打水的地方，村子里的人都到这里来打水。老人们也喜欢坐在大石头上面聊天，说说村里过去发生的有趣事。

一天，天气很好。有一位老人独自坐在大石头上面悠闲地晒着太阳。这时，来了三个妇女打水，老人静静地看着她们。三个村妇一边把水桶放到井里，一边聊着天。

其中一个村妇骄傲地对另外两个说：“我的儿子实在是太棒了。他能翻出最漂亮的跟头，身手可灵活了，全村没有一个人能比得上他。”

另外一个村妇听了很不服气，不屑地说：“我的儿子才是全村最好的！我的儿子唱歌唱得就像夜莺一样动听，没有人能比得上他。”

第三个村妇一直没有吭声，只是低着头，忙着把自己的水桶装满水。另外两个村妇觉得很奇怪，就问她："嘿，你怎么不说话？你的儿子怎么样啊？"这个村妇想了想回答说："我的儿子是很平凡的一个人，我实在想不出他有什么特别的地方。"

那两个村妇听后都笑了起来，异口同声地说："那当然，可不是谁都能像我的儿子那样出色的。"

第三个村妇微微笑了一下，对她们说："也许吧，我的儿子虽然没有什么地方值得我炫耀的，但是我仍然非常爱他。"那两个村妇听后，争先恐后地说："你这是说的什么话，难道我的儿子就不爱我了吗？"

"我的儿子也最爱我了。"第三个村妇于是不再说什么了。老人一直留心着她们的谈话。她们打好水之后，各自

拎着自己的大纹水桶吃力地往村子里走去。这个时候，那个坐在大石头上的老人也站了起来，跟在她们后面慢慢地走着。

那两个夸自己儿子的村妇一边喘着气走，一边还不忘继续称赞着自己的儿子。水桶里的水不断地溅出来，把她们的鞋子和裤脚都打湿了。第三个村妇默默地走在她们旁边。

等三个村妇走到村口的时候，她们的儿子也一起来到这里迎接自己的母亲。三个村妇看到自己的儿子后，脸上都露出了幸福的微笑。

三个儿子也看到了他们的母亲，一起走过来。那个被自己母亲夸奖身手灵活的儿子，一边走，一边双手撑地翻着跟头。他的母亲眉开眼笑。

那个被自己母亲称赞有副好嗓子的儿子，昂着头唱起了歌。那歌声真的跟夜莺的歌声一样动听，他的母亲心花怒放。而那个被自己母

亲说成没有什么特别地方的儿子，一看到他的母亲在艰难地提着水，就立刻跑上前来。他用有力的双手接过母亲手中沉重的大水桶，拿出手绢替母亲擦去额头上的汗水，并轻声地问："您怎么自己来提水了？您应该叫我来的呀。这么重的水桶，您一定累坏了吧？"

这位母亲疼爱地看着儿子，回答说："没关系的，我们回家吧。"说完，母子俩相互搀扶着向家走去。

这时那两个村妇看到了走在后面的老人，得意地问老人："老人家，您说我们的儿子怎么样啊？"

老人慢吞吞地说："什么儿子啊？你们的儿子在哪里啊？我只看到了一个儿子，他很优秀。因为他懂得体贴母亲，疼爱母亲，这个儿子才是最好的！"

宝莲灯

从前，玉皇大帝派二郎神和他的妹妹三圣公主去镇守华山。三圣公主有一个法力无边的宝莲灯，是三圣公主降妖除魔的法宝，也是华山的镇山之宝。

一天，三圣公主带着贴身丫鬟朝霞在山上巡视时，遇到了一个叫刘彦昌的书生。他们两人互相爱慕，结了婚，还生下了一个儿子，取名沉香。一家人生活得很快乐。

二郎神知道了这件事，很不高兴。他可不希望妹妹嫁给一个凡人。于是，他让黄毛童子骗走了宝莲灯，再找妹妹问罪。公主见哥哥来了，赶紧让朝霞带着丈夫和儿子下了山。

三圣公主哀求哥哥："哥哥，我们一家人过得很幸福，你就成全我们吧。"

二郎神生气地说："我可不想有你这样一个妹妹。"然后，他施法术将三圣公主压在了华山之下。

刘彦昌救不出妻子，只好在山下开了一个私塾，以教书度日。他细心地照顾儿子沉香，希望沉香快快长大，好去救母亲。

很快，小沉香十六岁了。一天，刘彦昌对沉香说了关于他母亲的事。沉香听了，决心要将母亲救出来。

第二天，沉香背上行囊，先去找朝霞阿姨。朝霞带着沉香，找到了三圣公主被关押的地方，然后带着沉香去灵台山，让沉香跟霹雳大仙学法术。

霹雳大仙带着沉香，来到一片桃林，让他吃了两个桃子。沉香吃下后，浑身上下立刻轻松了。接着，大仙又带着沉香到莲花池洗了个澡。洗完澡后，沉香觉得神清气爽，身上的力气一下

增加了许多。最后，大仙给了沉香一把劈山神斧，并教会了沉香怎样使用神斧。沉香学成后，更想见母亲了，于是跟着朝霞赶往华山救母亲。

到了华山，沉香正好碰见舅舅二郎神。他正带着哮天犬在山上游玩。朝霞对沉香说："他就是二郎神。把你母亲关起来的就是你这个亲舅舅。"沉香听了，勃然大怒，毫不犹豫地举起斧头朝二郎神砍了过去。

二郎神朝旁边一闪，躲开了斧头，大吼一声："哪里来的小毛孩，竟敢偷袭本将军！"当二郎神得知沉香就是妹妹和凡人所生的孩子时，举起兵器便向沉香刺去。

路过华山的孙悟空看到了，就问正在观战的朝霞。朝霞便把沉香不幸的身世告诉了孙悟空。孙悟空听完后气得直跺脚，他觉得这二郎神实在太可恶了。孙悟空心想："二郎神凭什么瞧

不起凡人？他把自己的妹妹压在华山下面这么多年，让原本幸福的一家人不能团聚，现在还要对自己的外甥下毒手。我得好好教训教训他。"

想到这里，孙悟空便从耳朵里掏出金箍棒，对着二郎神便打了过去。原本二郎神和沉香就打得难分难解，现在再加上这位齐天大圣孙悟空，二郎神哪里是他们的对手，根本连还手的余地都没有，只得带着哮天犬狼狈地逃走了。

就这样，沉香在孙悟空等人的帮助下，战胜了二郎神，救出了被压在华山之下的母亲三圣公主，并夺回了宝莲灯。

从此，沉香一家人过着幸福美满的生活。

闵子骞

古时候，有一个叫闵子骞的鲁国人。他很小的时候，生母就去世了。为了照顾儿子，父亲又娶了一位妻子。刚开始，这位继母对闵子骞还比较好，可等她生了两个儿子后，就开始嫌弃起闵子骞来。

有一年冬天非常冷，闵子骞的父亲看到大儿子的衣服单薄，就亲自上街买了些棉花，嘱咐妻子："你为老大做件棉袄吧，他穿得太少了。"

妻子表面上答应得好好的，可等丈夫一走，她就开始埋怨："老大也配穿好衣服？我还是先给老二、老三做吧！"说完，继

母就开始缝制两件小棉袄了。两件小棉袄刚好把丈夫买回的那些棉花全给用完了。继母想："丈夫嘱咐过给老大做棉袄，现在棉花没了，这可怎么办？"就在她琢磨的时候，亲生的二儿子走了过来。

老二望着母亲一头的棉花，天真地说："娘，你怎么顶了一头的芦花？"原来，他将棉花认成了芦花。闵子骞的继母听了儿子的话，顿时有了主意："既然棉花没了，我就用芦花代替呗，反正谁也不会把棉袄拆开看。"于是继母就给闵子骞的棉袄里塞了厚厚的一层芦花，这件棉袄虽然很厚，但是根本不能御寒，闵子骞终日还是冻得直打战。

父亲看到三个儿子都穿上了新棉袄，心里非常高兴。他还嘱咐大儿子："继母对你这么好，你可要好好孝敬她呀。"闵子骞不想让父亲为自己操心，所以什么话也没说。

有一天，父亲要出远门，闵子骞亲自驾车送父亲外出。一路上，北风夹着大雪扑面而来，闵子骞冷得直哆嗦。车子才行走了一半的路程，马突然受了惊，开始狂奔起来。闵子骞拼命地想拽住缰绳，但是已经被冻僵了的手一点力气也没有。父亲察觉到了危险，他来不及埋怨儿子，只是拼命地将马勒住，这才避免了一场车祸。

他开始指责儿子："你到底在干什么？这么大的人了，难道连赶车也要我亲自来吗？"闵子骞低下头不说话，父亲这才强压住怒火，让儿子继续赶车。风越来越猛了，雪越来越大了，闵子骞冷得直打哆嗦，手中的鞭子落到了地上。闵子骞急忙下车捡鞭子，一连几次都没拿起来。父亲非常生气，他觉得儿子太无能了，开始大声责骂儿子："你白吃了那么多饭，怎么连这点小事都做不好呢？"

闵子骞低声回答："是的，父亲，我做错了。"他一边哭着说，一边不住地打着寒战。

父亲这才留意到，问："孩子，你怎么脸色这么差呢？你是肚子饿了还是衣服薄了？"闵子骞含糊地答应着，开始思念起自己的亲娘。

父亲看到儿子哭，心里更加生气了，哪有被父亲说几句就哭鼻子的呢？他一时气愤，就抽了闵子骞一鞭。这时，棉袄裂开了，露出了里面的芦花。父亲终于明白过来，于是立刻驱车往家赶。他看看两个小儿子的棉袄，这才知道妻子偏爱自己的亲生孩子，让闵子骞受冻了。父亲气坏了，要把妻子赶走。

闵子骞不但不怨恨继母，反而跪在父亲面前替继母求情，他哀求道："母亲在，只有我一个人受冻。如果母亲不在，就会有三个孩子受冻呀。"父亲见儿子如此懂事，答应闵子骞不再赶继母走。而继母听了闵子骞的话，既惭愧又感动，从此对待闵子骞也就像自己的亲生儿子一样。

小黄香

　　很久很久以前，有个叫黄香的小孩子。他很可怜，九岁的时候，母亲就病死了，母亲死后，黄香就和父亲相依为命。他知道父亲每天干活非常辛苦，因此总是抢着干家务活。年纪虽小，可他能挑水、煮饭、劈柴和洗衣服。

　　一大早，黄香就要出门挑水。每次他担着几乎和自己一样重的水回家，总是累得气喘吁吁的。快到中午的时候，黄香又要赶紧做午饭。因为父亲已经累了一上午了，不能让他中午饿肚子呀。小黄香总是这样体贴，懂事地为父亲着想。不管自己多累多苦。

时间一天天地过去了，炎热的夏天到了。黄香和父亲热得在床上翻来覆去，因为实在太热了睡不着。父亲爱出汗，出了汗以后，席子都黏糊糊的。父亲只好拿着一张小板凳坐在院子里乘凉。

　　黄香摸了摸父亲的席子，想出了一个好主意。他爬起来，拿着扇子对着父亲睡过的席子和枕头，使劲扇了起来，直到把它们扇得凉爽才放下扇子。黄香摸了摸席子，它又干爽又舒适。黄香的小脸上露出了笑容，他把院子里的父亲叫回房里。父亲摸摸席子，也笑了。他望着热得大汗淋漓的儿子，感动得什么话也说不出来。坐在席子上，父亲似乎觉得天气也没那么热了。

看着在一旁打着扇的黄香，他带着幸福的笑容，不知不觉地睡着了。从此以后，黄香每天都给父亲扇席子。

　　冬天到了，父亲的老寒腿又犯了。这病受不得凉，要是着凉了，腿就会痛。因为这

病，父亲整天愁眉苦脸的。白天一直在干活，身体还是热乎乎的，父亲没觉得有多痛苦。可到了晚上，父亲把衣服一脱，钻进冰冷的被窝，腿就开始刺骨地疼起来，他忍不住痛苦地呻吟着。黄香听了心里可真难受，他知道家里穷，不能像有钱人家那样在家里烧火盆。于是，黄香想到了一个办法。每天晚上，黄香都要先钻进父亲的被窝，用自己的身体把冰冷的被子睡暖了，再让父亲睡。父亲躺在暖和的被窝里，腿再不疼了。

看到儿子这么小就懂得体谅照顾人，父亲又欣慰又高兴，更加努力干活，供黄香读书。而黄香呢，一边照顾父亲，一边用功读书。终于，经过努力拼搏，黄香做了大官，可他依然周到地照顾着父亲。

小公主的爱

　　很久很久以前，有一个老国王，他有三个美丽的女儿，分别就像天上的太阳、月亮和星星一样夺目。老国王非常疼爱她们。三个女儿中，老大和老二都很会讨父亲的喜欢，只有老三不喜欢甜言蜜语，她是个朴实的姑娘。

　　有一天，老国王想知道三个女儿中谁最爱自己，就把她们三个叫来，对她们说："我亲爱的女儿啊，能告诉我你们是怎样爱我的吗？"大公主听了，立即把脸笑成了一朵花，对老国王说："亲爱的父亲，我爱你就像爱红糖一样！"老国王听了，立刻像吃了甜甜的红糖一样，心里甜丝丝的。他对大公主说："乖女儿，我知道你是真的爱我。"说完，他转过头问二公主："你呢？我亲爱的女儿！"

二公主脸上挂着灿烂的笑容说："爸爸，我爱你就像爱蜜糖一样！"老国王听了，心里像喝了蜜糖一样舒服，脸上露出了幸福的笑容。他对二公主的回答十分满意。

　　轮到小公主回答了，小公主平静地看着老国王说："爸爸，我爱你就像爱盐一样。"老国王听了很不高兴，认为小公主不爱自己。在两个大女儿的教唆下，老国王就把小公主赶出了王宫。

　　可怜的小公主流着眼泪走出了王宫。王后见了十分不忍，就叫侍卫偷偷将小女儿藏在了一个大烛台里，打算在天黑的时候，将藏有女儿的烛台偷运回宫。然而，令人意想不到的事情发生了，看管仓库的大臣将烛台卖到了旧货市场。

　　有个国家的王子，因为喜欢烛台上精致的花纹，就将它买下，放到了自己宫殿的大厅里。这时，烛台一晃，小公主从里面走了出来。王子大吃一惊，他问："你是谁，为什么在这里？"

　　小公主将自己的经历一五一十地讲了一遍，王子非常同情她。经过一段日子的相处，王子爱上了美丽善良的小公主，真诚地向她求婚，并带着她去见了自己的父亲。当国王听说了小公主的遭遇以后，说："盐对我们来说，是十分重要的东西，我一定要教训教训你那个爱慕虚荣的父亲。"

举行婚礼的那天，国王也请了小公主的父亲来参加婚礼。宴席上，放在老国王面前的菜里只放了大量的糖和蜜，没有一点盐。老国王尝了尝，甜得发腻，觉得一点儿也不好吃。这时候，他想起了小女儿的话，后悔自己做了一件愚蠢的事。

正在这个时候，新娘走了出来，她将一碗盐放在了父亲面前，真诚地说："爸爸，对于我，您就像盐一样重要，我爱您。"老国王看到心爱的女儿，激动极了，举起酒杯说："为最爱我的女儿干杯！"从此，老国王再也不听那些不真实的甜言蜜语了。

星孩

　　寒冷的冬夜，一个樵夫穿过一片大松树林时，一件奇怪的事发生了：天上忽然掉下来一颗非常美丽的星星。在星星落下的地方，有一件用金线织的斗篷，上面绣着很多星星，里面包着一个熟睡的婴儿。樵夫高兴极了，他抱着这个孩子回到了家，还给孩子取了一个好听的名字——星孩。

　　星孩慢慢长大了，而且一年比一年英俊。但是，星孩的英俊让他变得骄傲、残酷和自私。他看不起村里其他的孩子，他觉得自己是最英俊的，他总是高昂着头，在人们面前走过。

　　有一天，一个要饭的女人走进村子，她的衣服可真够破烂的。星孩大声嘲笑她，可那个女人一把抱住星孩，激动地说："你就是我的小儿子啊。为了找你，我走遍了所有地方。我终于找到你了。这真是太好了！"

星孩愤怒地叫了起来："你不要胡说，我不是你的儿子。快滚吧，我不想看到你。"那个女人哭着说："你的确是我的小儿子呀，强盗把你抢走，又把你扔在林子里。"星孩却冷漠地说："你看看你这个模样，和丑陋的蟾蜍有什么区别？真让人恶心。"那女人只好站起来，伤心地离开了。可就在这时，星孩的脸变得跟蟾蜍一样丑陋，长满了疙瘩和斑点。

　　小伙伴一见到他，全都说："你长得真丑！"星孩并不知道自己身上的变化，还反驳说："真是胡说！我要到水井边看看，水井会知道我是多么漂亮。"

　　来到井边，他才知道自己有多难看！他扑倒在草地上哭了起来，"一定是我对母亲太残忍了，所以才受到惩罚。我一定要找到母亲，请她宽恕我。"

　　星孩告别了樵夫一家，去找母亲。可三年的时间过去了，还是没有一点消息。后来，他遇到了一个坏心肠的魔法师。魔法师囚禁了星孩，并强迫星孩去森林里寻找一枚金币。一进森林，星孩就救了一只小白兔。小白兔为了感谢星孩，带他来到一棵大树前，在大树的缝隙里，他找到了一枚金币。回城的路上，星孩把金币给了一

个麻风病人。魔法师知道后用鞭子狠狠地打了他一顿。

第二天，小白兔又帮星孩找到了金币。他把金币放在衣兜里，匆匆地朝城中走去。可是，他又把金币给了昨天那个麻风病人。

魔法师又没拿到金币。他举起鞭子朝星孩抽去。鞭子重重地落下，可星孩一点也不觉得痛。

第三天，魔法师又让他带回金币，不然就杀了他。在小白兔的帮助下，他又找到了第三枚金币。可他又一次把金币给了那个病人。这时，他忽然看到他的母亲来到了这里。星孩急忙跪下，流着泪吻着母亲脚上的伤口。神奇的事发生了，星孩又变成了一个英俊的少年。星孩说："请您原谅我吧，亲爱的母亲，是虚荣心蒙蔽了我的眼睛。请您接受您的儿子吧，让我回到您的身边。"可母亲没有回答他。

他又对麻风病人苦苦哀求道："请你让母亲对我说一句话吧。我知道我错了。"突然，这两人的衣着都起了变化，他们穿着高贵典雅的衣服，原来他们是国王和王后。王后说："这是你的父亲，你曾救过他。"国王和王后搂住儿子，把他带进了王宫。后来，星孩成了这个国家的新国王。

王冠失踪记

　　很久以前，有个国王脾气很暴躁。他有三个儿子，他最喜欢小儿子本杰明。一天，他和大臣们进山打猎时，弄丢了自己的王冠。国王气得暴跳如雷，他认为是大臣们偷了王冠，就把他们全杀掉了。回到王宫，国王把自己关在屋里，不肯出门。他的儿子们担心极了，都去问候父亲。可是，国王狠狠地骂了大儿子一通，大儿子受不了跑掉了。他对二儿子也不理不睬，二儿子也跑掉了。只有见到他最心爱的小儿子，国王的心情才好些，但还是一言不发。

　　"父亲，我一定会找回王冠的，您不要太难过了。"本杰明说。第二天，本杰明出发了。他来到一个三岔路口，每个路口都立着一块石碑，上面分别写着"有去有回""此路不通"和"有去无回"。本杰明想了想，走了第三条路——"有去无回"。

这条路崎岖不平，路也越来越窄，甚至不能骑马。本杰明只好下马步行。走了很久，他看到一间小木屋，于是去敲门。

一位老婆婆开了门，她知道了本杰明的目的，被他的孝心感动，决定帮助他。她说："我的女儿是东北风神博拉，脾气很坏，可她无所不知。等她心情好的时候，我帮你问问王冠的下落。不过你要小心，先不要被她发现。"说着，她把本杰明藏在了床下。

不久，博拉回来了，一进门，她就大喊大叫："我心情很不好。别惹我！快，我饿了！"老婆婆急忙端上饭菜，让她饱餐了一顿。吃饱后，博拉的心情好多了。这时，老婆婆让本杰明从床下走了出来，本杰明对博拉讲了父亲的事。博拉说："我知道，这是女妖埃尔西娜干的，她最喜欢偷皇室的东西了。"

"怎样才能拿回王冠呢？"本杰明十分认真地问。

"王冠就在女妖的床上，另外还有两位女王的披肩和金苹果。这两位女王被囚禁在一口井里。井边有一只母鹅，它可以带你到井里。"然后，博拉为本杰明画了一张女妖宫殿的地图，

还送了一瓶安眠药给他。

本杰明来到女妖的宫殿，但那里有人在看守。要想混进宫殿实在很不容易，本杰明便设法让看门人把药吃了下去。接着他假扮成花匠，混进了女妖的宫殿。他一直走到女妖的卧室。

经过一番仔细寻找，他终于发现了女妖床上的王冠，以及披肩和金苹果。他连忙把这几样东西收起来，飞快地逃离了那里。但是，女妖还是发现了他，一路追了过来。终于，本杰明看到了井边的鹅。于是，他藏到鹅的翅膀下面，逃过了女妖的追捕。然后，他又让鹅飞到井下，救出了两位女王。最后，本杰明带着父亲的王冠和两位女王回到了自己的国家。为了表达谢意，其中一位女王决定嫁给本杰明。从此，他们过着幸福快乐的生活。

朱特和两个哥哥

从前，有个商人叫哈迈，由于他经商有道，所以家里非常富裕。他有三个儿子，老大叫萨勒，老二叫莫约，最小的叫朱特。朱特自小就聪明可爱。所以，他最受父亲疼爱，他自然也遭到了两个哥哥的嫉妒，还经常被他们欺负。

哈迈老了，他担心自己死后小儿子会被两个哥哥抛弃。为此，他在法官面前将所有财产平分为四份，把其中的三份分给三个儿子，自己留下一份，准备和老伴儿养老用。然后，他安慰自己："我活着时把财产平均地分给他们，我死后他们就不会为遗产而吵闹了。希望我的安排可以避免矛盾的产生。"

不久，哈迈就死了。可两个哥哥还是对财产的分配不满，他们总是找朱特的麻烦，逼他再交出一些财物。就这样，兄弟之间争吵不休以致闹上了法庭。由于有法官作证才制止了两个哥哥对朱特的勒索。但是，一场官司打下来，朱特和他的两个哥哥都花了很多钱，谁也没占到便宜。

　　过了不久，朱特的两个哥哥又去告他。为了打官司，双方又花了不少冤枉钱。没有拿到朱特的那份财产，两个哥哥始终不甘心，他们老想赶走他。于是，他们一起出钱贿赂贪官，想以此来获得官司的胜利。朱特不想就这么认输，他只得忙于应付。就这样，弟兄三人的钱财一天天地落到了贪官的手中，他们都变成了穷光蛋。

老大和老二穷得没有办法，只好厚着脸皮去找老母亲。他们用尽各种手段欺负她、折磨她，让她过不下去，最后他们把老母亲赶走了，霸占了她的财产。母亲无可奈何，她哭哭啼啼地找到朱特，说："你的两个哥哥赶走了我，还抢了我的财产。"

朱特安慰道："妈妈，别哭了，会伤身体的。他们这样忤逆不孝，会受到安拉惩罚的。虽然现在我一贫如洗，但是我一定会照顾您。您放心在我这儿住下，我可以供养您。只希望您能替我祈祷，我相信安拉会赏赐给我们衣食的。至于两个哥哥，我们不要去管他们了，安拉会惩罚他们的。"

从此，朱特靠卖鱼所得的钱养活自己和母亲。由于他的勤劳，生活渐渐好了起来。相反，他的两个哥哥好吃懒做，很快就花光了母亲的财产，变成了乞丐。他们只好偷偷找到母亲，向她诉苦。善良的母亲不忍心看到儿子们受苦，就常拿些面饼给他们充饥。但她害怕朱特看到会生气，不敢让他看到。

有一天，母亲正偷偷地拿东西给老大和老二吃，不巧被朱特撞见了。母亲心里很是不安，怕朱特会生气。可是朱特却笑着说："两位哥哥，欢迎你们来看我们。"

他拥抱着哥哥们，微笑着说："我一直很希望你们常来看望母亲，不然，她会感到寂寞的。现在好了，你们来了，我们一家团圆了，母亲也会更开心的。"两个哥哥被他的话感动了，向他道了歉。

母亲看着儿子们和好如初，感到非常高兴。她对朱特说："儿子啊，你既孝顺又照顾哥哥们，妈妈能有你这样一个好儿子，真是欣慰啊！"

就这样，三兄弟住在了一起，再也没有争吵过，并各自靠劳动所得奉养着老母亲，过上了快乐的生活。